一樹銅卷

秀圭題

一树桐花

张子霄诗文作品集

张子霄／著

世界知识出版社

序

那时候，她说的，学校里打个招呼都高兴得如沐春风；到现在，重要的见不到，见到的又不重要，这样的难题又怎么求解。

——《冬天与淡然》

如果十年之后，又有这样一个机会为作者的下一部作品集写序言，我必会毫不犹豫地应下来。我也相信，这个机会一定会到来。

我想我本是不够资格给这样一位优秀的人写序的，但我确是对作者的心路历程有着些许了解。作为他中学时代的同学，我是敬佩他的，也总视他为最好的挚友。他总是睿智而幽默的，的确是一个不一样的人。

每个人都是独一无二的，而霄则是与众不同的。他是一位才子。在治学上他是广泛而又深入的。无论是诗词歌赋，还是数理化生，他总要花大精力去研习、去创新。在学生们学业繁重的当今时代，他在出色地完成课内任务之余，又抽出他人用以娱乐的时间去学习、创作诗词散文。于他而言，创作即是一种娱乐。在喧嚣浮躁的年代里，他愿用一种柔和委婉的方式去表达、去宣泄。他的创作从未带有一丝功利的色彩，也正是这种真正的热爱使他有机会一次次磨炼文笔，终而写出这些诗篇。

中学时光让少年从稚嫩走向成熟，六年荏苒塑造了一个人的志趣修养。霄本就是情感细腻充沛之人，六年的时间里，他对亲情、友情、爱情有着一次次不同的体验与感受。他善于抓住微小而感动的瞬间，并用笔记录下这一切。温馨熟悉的家乡菜馆让他追忆过去；放学路上与同学的交谈让他体悟友情；懵懂而专一的爱慕让他深忆每个与她有着联系的时刻。他喜欢柔和，落花细雨每每是他情感寄托的对象；他喜欢浩瀚，银河星辰常常是他幻想遨游的海洋。去感受，去回想，去体悟，激烈的思维碰撞最终凝结成字里行间淡淡的情。他在成长。

霄是被眷顾的。理性与感性是同时属于他的。他热爱理性的归纳演绎，甘愿把一生奉献给生命科学；他亦热爱感性的浮思游想，总有惊艳的想法让满座赞叹。他热爱清晨与深夜，因为这是感受与思考的最好时光。他愿意去感悟时光的流逝与生活的点滴。他热爱生命，理性与感性的交融让他更好地理解了生命的真谛，并诗意地将之表达。

霄充实的经历是他作品中丰富题材的来源。他不像同龄人那样早早地被这功利的社会同化，而愿意去感悟，他总葆有一颗善良之心，去记下一切美好，便有了丰富的回忆。而回忆往往为他带来了丝丝伤感，尤在物是人非、触景生情之时，更有缥缈之孤独感。这正是他的迥异带给他的寂寞，也是他品性中最可贵的地方。很多时候，我总认为他有着与众不同的道骨仙风。而他的情感却又那么的真切，一波三折的情感经历让他从懵懂走向成熟。这种蜕变大概只有真正了解他的人才能懂得。

故而，如此丰富的作品产出不是偶然。治学之严谨、兴趣之所在、情感之细腻、天赋之异禀、经历之波折造就了他的篇篇诗文。或许通过阅读书中的文字，能些许感受到他内心宁静中的热忱和对万物的哲思，更感受到他情感的细腻与变化。

最后，我想引用作者散文《变》中的结尾：

“人世间，最让人伤感的，不是物消人亡，而是物是人非的变。因为物消人亡时，你总有一天会忘记；但物是人非的变，却总有那物，让你剪不断情丝……”我想，这正是作者想通过本书去纪念的吧。

友　冯子俊

于2017年1月30日子夜

自序

小时候学课文，常常记得书下有各种名人的注释。无非有几类，要么是诗人、小说家，要么是数学家、物理学家等。那时候我就在想，即便现在这种期待已经淡漠了许多，我想我在以后，也被写在教科书上，我希望有两个名词，一个是科学家，另一个是文学家。

所以到目前为止，我也确实不是一个专心的人。我在高中文理分科时徘徊，我的个人爱好也在二者之间徘徊。拿读书来说，我看过一整套的张爱玲和三毛，却也爱好克拉克的科幻小说。我没有特别的一技之长，学游泳也没有继续，围棋也没有继续，一度想把画画好，却连一个正式的开始都没有。所以，这也就使得，我不是一个显眼的人。无论哪一方面，我身边总有比我强的人。

不过我不专心，所以就什么都懂一点。历史我也不是完全迷糊，地理也学得不错。画画我也能画几笔，美术课还意外得了个满分；体育上长跑还不错，游泳也学过，比一般人要好。琴棋书画，唯一的遗憾是，乐器上一窍不通，我也着实期待着可以学一个。

这些种种，除了数理化生之外，我最会的也就是偶尔能写点东西了，在生活中也被强称作个诗人。

（一）我与古典诗词的初识

小学时我也学过奥数，找规律是其中特别有意思的一部分，我尤其热衷于此。学习三角形的时候，我知道了三角形的内角和是180度；于是我开始画四边形、五边形……我用最“愚蠢”的方法——用量角器来测量和计算内角和，我发现四边形都是360度，五边形都是540度……于是我发现了规律：内角和以180度的差递增，于是我就得到了内角和公式。我还找出了很多规律，总结出了很多公式；我把它们都记在了一个本子上。后来它们有的出现在了教材里，有的没有，不过我现在都已经忘记了。

但有一个规律我至今记忆犹新。那时小学语文课本里有古诗，一般是一节课程里有几首诗，名字大多是“诗二首”“诗三首”这样。大概是五六年级的时候，有一节古诗课，我标出了每个字的音调，几首诗一比对，规律一下就浮出水面：每句的第二、四、六个字的音调不是“平仄平”，就是“仄平仄”。那时我原本还不知道平仄的概念，只是发觉把四声分为这样两类时恰好有这样的规律。我是相当惊奇的。后来，我在一本《毛泽东诗词选》的附录里发现了它。

我在小学时语文成绩并不太好，数学才是我的强项。现在回忆起来，我之所以会开始写诗歌，可能也是由于一种乐感上的喜爱。或许这也是我能偶然发现平仄规律的一个原因。我确实有一阵对音乐的痴迷，痴迷于张维良的笛与箫——这是小学时音乐老师推荐的。那时候我有一个获奖得的小播放器，里面全都是他的曲子。每天早上我都是听着他的曲子醒来的；很多时候我也戴着耳机，听着曲子睡。我至今仍偶有这样的期待，但总是害怕影响了睡眠，第二天就会精神不振。不过，现在喜欢听一些弦乐，又常有去音乐厅的机会，我也颇感满足。小时候没学过乐器，如果有机会能学一次提琴，我当是极为喜悦的。

词原本也是有曲的，这更是吸引我。最初引起我注意的是邓丽君唱的那首《但愿人长久》，之后我便大肆搜集她唱的其他的歌曲。凡是唱的古诗词，我全都储存下来。虽然我很清楚那不是古时候的原本模样，但是我仍满心欢喜。我又去看有没有其他人唱的别的古诗词，我也留存下来。那时候我觉得，这些歌曲比现代的流行音乐好听得多。高中时，语文老师王如给我带来了更大的惊喜：她教我们唱苏轼的《水调歌头》。她好像曾说，那曲调是在汇文一代代传下来的，我已记不真切原话；我又没有自己唱的习惯，可能也已经忘记怎么唱了。但愿班里还有同学记得。

汇文是个很自由的学校。初中时，我每天中午最爱干的事情就是在黑板上默写诗词。我前一天读了什么诗，喜欢什么诗，我就写什么诗。我在读《红楼梦》，我就写《红楼梦》里的诗；我读《唐诗鉴赏辞典》，我就写那里面的诗。小学时学过一点点的硬笔书法，在黑板上写起来也不是太难看——倒是值日的同学对我颇有怨言，因为我常常写得满黑板都是字。不过班主任并不苛责，她反而是给予我许多机会去发展。我有机会给班里的同学们讲一讲我对古诗词的所知，虽然我不是一个合格的演讲者，同学们并没有听懂。但是我的好朋友却有了兴致，他叫孔笑寒，现今我觉得，他写的诗要比我好得多，也可能是因为我们性格与风格不尽相同吧。我们也曾经一同向荆小华老师——她是个特别和蔼的语文老师——请教过几次，她给予了我们很大的启发和鼓励。后来汇文里来了个学妹，也特别热爱古诗词，初中班主任曾经想让我联系她，我到底也没有，只是知道她好像创办了一个诗社，似乎还有声有色——这时候我已经是高三了。前一阵回汇文看望老师，在校刊里看见了她的作品，仿佛看到了我自己的影子。

早先我纯粹是因为有兴趣才去写的，因为我觉得平仄很有意思，带来的乐感让我喜爱，又时而能在班中炫耀一下。于是我就专门找最长的词牌，我填了一首《莺啼序》；然后仍不满足，还稀里糊涂地开始写所谓的“赋”——我知道我并不会的，到现在都不会的。但那一阶段着实给了我很多的营养，我在各种鉴赏辞典中穿梭，背诵凡是我觉得好的诗词；我没那个功底，填词时困难重重，字字“斟酌”；我忧心于格律的要求，虽然我也并不怎么明白。现在回想，觉得真是有许多“滥作”。

（二）遇见缪斯：从旧诗到新诗

我真正开始大量写作的原因，着实是因为遇见她。我至今犹记得在操场上，春光明媚时，我看到她的背影的感觉——我去过很多美丽的地方，却从没有过的感觉。之后我是接近癫狂的，几乎是每天都在写，不断地换着花样。其中有好有坏，有情之所至，也有刻意为之。我现在想起来，她真是我的缪斯。

不过几个月下来，我就感到了一些疲惫：我并不是完全了解古诗词的格律的，也远远没有那么熟练；学业也日渐繁重，留给课余的时间越来越少。最重要的是，我慢慢发现我犯了一个大错：古诗词并不是适合一切的。她其实是美得很现代的，古诗词的形式与她并不协调。或许这也是因为我个人的癖好，极不愿意把现代的名词写进诗词里。这也就使得，那一阵子的作品总有一种莫名其妙的感觉。

幸而王如老师让我们每个人写一首现代诗，还举办了一场朗诵会，这给我打开了另一片天地。从那之后，我也渐渐开始写现代诗；关于她的，也更多用现代诗去表达。这着实让我颇感自由，有很多东西得以表达出来。不过之前读写古诗词的经历仍给我留下很深的烙印，王如老师曾经在我的一篇随笔后有这样的评语：“古典的意象，现代的思想。”我其实是不大明白的。

不过我后来愈发有一种倾向，就是古诗的归古诗，新诗的归新诗。有些故事适合古诗，却未必适合新诗，反之亦然。而我的现代诗，几乎都是她的世界，它们也越来越成为我最喜欢的作品。之所以喜欢，部分是因为偶尔发现自己用了某种奇异的比喻，但更多的是因为它们让我感觉到美好，能唤起我内心的记忆，有缥缈虚幻的，有刻骨铭心的。

正如这样一种说法，每个恋爱中的人都是个诗人。我写得最疯狂的时候也是这几年了，可惜到底没有收获一份爱情。有时真是一厢情愿的，却也在三年多的日子里，感受到了无数欢乐与悲伤，兴奋与落寞。她曾这样说：“他和我打招呼的时候如沐春风似的。”那是我极快乐的时候。但每每看到或听到一些事，就陷入了莫名的伤感。这些都写在这里了，这也构成了诗集的主体。

身边人都说很难看懂，确实很多东西是只存在于我的想象之中的。在我的记忆里，什么都突出了，什么都虚幻了，而别人是不知的。很多东西我也确实在指示着什么，不过那都不重要的，那些纷繁复杂的情绪才是珍贵的。哪怕从我的记忆来说，那也总是让我感到幸福的，毕竟我有这么一段痴迷的日子，所以我也愿意常常想起，想起她来。

所以有时候，我也会再次回溯过去所写过的东西；而每每再去读过，也有不一样的感受。有几篇着实是我的挚爱，它们真是寄托了我很深的情感。我记得有一篇《安睡吧》，那是写在2015年暑假的时候。她去参加了清华大学的夏令营式的活动。真遗憾，那时我差一点拿到名额。一篇下来，倒是给予自己许多安慰。也有时，所闻所见让我近乎癫狂，嫉妒、郁闷充斥着写下《美》；又当她在我后桌熟睡，我偷偷回头，心里也颤着，写下那篇《当她轻轻地睡着了》。临近毕业，我也更加冲动；到后来去了不同的大学，即便都在北京，仍不免有时回忆起《那一个个夜晚》。

我原不愿把这些公之于众，一方面，我并不觉得它有什么广为人知的价值；另一方面，也算我自私，不愿去分享，我一直不是一个愿意被很多人关注的人。当然，我也不愿意让她这样出现在很多人的视野里。不过在母亲的强烈希望下，最终还是给了出来。这些不是什么很好的作品，我也不期望它受到任何的追捧，只愿它偶尔出现在世界的某一个角落，被不知哪一个人偶然翻开，然后有一些偶然的感动。

（三）诗意地栖居

高中语文课上，“诗意地栖居”是一直的主题之一。现在很多人都在说要亲近自然，体味云与风、山与水的美丽，摆脱世俗的欲求与奢望。我也曾这样以为。可究竟什么是自然？我们所处的社会、人与人之间丰富的情感不也是一种自然吗？我想，“诗意地栖居”更在于一种内心的所在，在于看待世界的一种审美的态度。无论生活在乡村还是城市，都可以发现生活中的诗意。

今年年初的一天清晨，终于下起了小雪，雪花落在嘴唇上，一下子就化开了，我写在一篇《雪》里，也不知怎么联想到的白玫瑰；2014年有一篇《累》，我至今仍记得那缥缈梦幻的感觉。生活中有许多这样的点滴会给我们带来感动，放飞我们奇幻的想象，整个世界都充满了奇妙。这些感动就好像是夜空中的点点星，或许这就是生活中的诗意。

但并不是只有那些快乐的事情才有诗意。我也有许多伤心的经历，我也遇到了挫折与失败，遇到了疲惫与困乏。但是，我也同样热爱它们。一方面，它们让我有诗可写；另一方面，我知道，之所以会遇到这些伤心事，正是因为我还有美好可以去追求，正是因为我在追求美好。于是，我才能以平静甚至喜悦的心态去面对它们。“这是我的生活，不管开心与否，都是真实的、值得感激的。”她曾这样教会我。

关键是要有一颗能发现诗意的心。我忽然想起一个小故事，大体是说科学家发现他的学生一整天都忙碌于做实验，于是提出疑问：“那你用什么时间来思考呢？”生活亦是如此。要想去体味生活，只忙于其中是不行的。我很庆幸我没那么沉迷游戏，在其他人打游戏的时候，我可以什么也不管，只是发呆，又或者就任由自己胡思乱想。在我胡思乱想的时候，不知道想出了多少动人的故事。有时候想着就想笑，也有时候想着就想哭；同样是虚幻的，却比那些游戏有趣得多。有很多作品就是产生在胡思乱想里。摆脱内心的紧张，以接纳的态度迎接生活中的一切，任性自由的时候，似乎总是最有诗意了。

前两天我和几个同学去游乐场，进鬼屋，我一直只大笑着说一句话:“你好啊!”

不过后来，学习愈发忙起来，我也写得愈发少了。我自身也比较宅，比较懒，所以很久才有机会写一篇，古诗词写得更是少了许多，也不知道十年后还能不能满足冯子俊写序的心愿。我还记得初中，荆小华老师说，一个真正的诗人不是看他年轻的时候写得多好，年轻的时候谁都能写出来，而是要看他等到四五十岁，还能不能写出诗来。我想，我希望可以，虽然可能很少写了。

特别感谢素未谋面的书法名家雪堂老师的提携赠字“一树桐花”。

张子霄

2017年8月25日晚于夕照寺

目录

现代诗上篇

四十二首

想念

2014-02-12

不知什么时候，
随便一句话，
随便一首歌，
眼里就闪着泪了。

也不知什么时候，
随便一颗星，
随便一片月光，
心里就无限安慰了。

树

2014-04-08

眼里一片模糊，
只有那棵树在招摇，
招摇着一朵朵紫色的花。

也许她不是招摇，
她只是在向路人问好；
但谁也看不见她，
风早已抢着吻了人们的面颊。

她啊，
她也想去抚摸啊，
但人们正因风而快乐；
她啊，
她也想去抚摸啊，
可她命中注定低不下头；
她啊，

她也想去抚摸啊，
可她害怕挡住别人的路。

她看到风已经吻去，
也只好默默地伤心；
那是一滴滴紫色的泪，
她却只能远远地招手。

只有她独自在这里，
别人才不会看见她的泪水，
她爱的过往的人，
才不会看见她的泪水。

照片

2014-05-12

没有人的时候，
翻开些思念。
找到些照片——
花丛里的笑颜。

风儿也不吹，
风儿在照片里吹。
果香也不甜，
果香在照片里甜。

无法企及的过去，
无法触摸的未来。
我只活在现在，
望着这花丛里的笑颜。

她在哪儿？

在欢乐的天底下。
和照片说着——
说着美丽的悄悄话。

去吧

2014-05-18

去吧，
那一只鸽！
回到你的蓝天去，
与白云的离合。

随意去吧，
穿过这里的高楼大厦，
到你想去的地方，
寻找你的巢。

你在这里的树枝，
很久，很久，
这也是你该去的日子。

我舍不得这离别啊，
我还羡慕着你的洁羽；

等到你累了，

我还在这里望着。

小段子

2014-09-11

你是风中的歌，
清扬地唱；
盘旋在天空，
梦在云间摇荡。

摘一颗果实，
送给秋夜的月亮；
取一段竹，
蒸出来糯香。

小记1月4日晚梦

2015-01-05

清夜是谁的梦？
一触是轻轻——
轻轻——
翻飞的花影。

哪里吹的冷香？
拂过的微凉——
微凉——
颤乱了月光。

夜

2015-02-13

是谁，织了寒月下的帘？
是谁，夜色里对我悄言？
渺渺的星像湖波在闪烁，
风里夜来香无声地寂寞。

是谁，吹灭床前的烛火？
是谁，不断着街声寥落？
晚笛也不传来一丝流连，
任时光月影静逝在指尖。

游思

2015-04-05

那曾经的许多故事，
许多已没有了记忆。
在晚春的风里说着，
谁恋着渺茫的天际？

我的游思离不开的，
月在今夜没了痕迹。
树枝只留下风中影，
一缕时光默默流徙。

美——列车上作

2015-05-04

夏叶又茂密了，
滴滴点点地洒下光明；
清晨更透亮了，
碎叶上我嗒嗒的脚步轻轻。

东边的日出送我回家了，
好久不见我亲爱的风铃；
转移的光景再见了，
我记得你的安宁。

啊！我望不见下午的天际，
清澈的河儿在窗外闪离；
我还念着雨季的晶莹明丽，
对天边的云说我的记忆。

啊！我望得见我将如何回味，

再也回不去的驰水；
我不流下一滴眼泪，
我就是无限的追悔。

我已散漫的梦！
远山平平里袅袅的烟云——
在夜色里偷偷沉下去，
怀恋我的旧林。

我沉沉不醒的梦！
云上的黄昏——
霞光是你的环带，
愁绪蔓延在看你的眼神。

我要把绿叶织成一缕纱，
要把白花在纱上镶得像暖风一样细腻。
但云啊，已有衣衫护着领子，
我把它随意扔在帐里。

我要把湖水的波光绣在夜空，
便是美妙的星的痕迹。
月是我衣上着的环佩，

如此洁白，如此美丽。

那竟然是我的泪啊！
凝成的波光真是静谧。
打碎的水晶——
尖细的歌喉抽丝似的牵到无边的天际。

第二天的阳光，
我怎么望——
林林总总的高楼，
没有一个方向。

这时光的列车啊，
什么时候带我回去！
要我多少渴望，
要我多少辛酸愁绪？

我还记得第一个冬天呢，
晴朗的日子这样少。
我不小心进了谁的怀抱，
萧瑟的西风立刻把它吹跑。

我还记得一支笔呢，
偶然的日子这样美好。
是谁遗留在我的后桌，
它写的字还是这样奇妙。

但落叶在逆风里不再遒劲，
消逝的花香不再可嗅，
最美的夕阳不再长久，
我早已没有了当初的执拗！

放过美好的日子，
莫再让痛淹没善良的灵魂！
割断所有的金线，
一切停留在最后的余芬。

我悄悄问，
我悄悄问——
那早已是过去的故事，
就不要再温存。

看看夜里的小舟啊，
如此自由地穿梭；

它也来自过去，
不再敢任何过错……

归去，归去，
林子里的茶烟还未冷。
你最初的本愿，
有时该回到你的追梦。

期待着星星找到它的伴侣，
披上月一样白的头纱；
八音盒的歌声如此空灵，
恋过的雪还是如此清华。

那时，只静静地远远看着，
笑容里绽开的花。
雪终于铺满了大地，
多少梦都不及这一刻的无瑕。

夏叶又茂密了，
滴滴点点地洒下光明；
清晨更透亮了，
碎叶上我嗒嗒的脚步轻轻。

东边的日出送我回家了，
好久不见我亲爱的风铃；
转移的光景再见了，
我记得你的安宁。

雨中

2015-05-18

雨打湿了衣裳，
雨落出了涟漪。
清澈的空气里，
野花在呼吸。

街道带着泪，
思念着树下晶莹的回忆。
一滴滴梦亲吻着脸颊，
与清新相依偎。

绿叶向着她来的方向，
在天底下沉醉。
我在树下的歌谣，
随着风吹。

安睡吧

2015-08-03

你在别处的小楼，
独自在别处的云；
沉眠在别处的夜晚，
你的脸庞可还沐浴着月光？

轻轻掩上窗帘，
停了无聊的灯；
面对着凉凉的墙壁，
怎么容易就入梦乡？

想着温暖的家，
真是自由的天堂；
熟悉的巷火，
却成了身下的宿床。

亲识的人们，

或已沉沉入梦；
不远的离开，
怎么也如此紧张？

不过安睡吧，
睡意弥漫在荷塘；
天上的朦胧的月色，
织成小舟在荡漾。

不过安睡吧，
睡意沉浸在花丛；
蛩声清颤着，
在你轻轻的梦里歌唱。

你渐渐睡着了，
面容凝成了香；
一样的安宁，
好像家中的模样。

你渐渐入梦乡了，
嘴角浅浅地飞扬；
氤氲的夜色，

还是你最美的容妆。

安睡吧——
安睡吧——
沉眠在哪里的夜晚，
你的脸庞都沐浴着月光。

雨夜

2015–09–13

风吹过叶，
月光织成薄薄的纱帘；
点缀着水晶，
散落在满天。

滴滴敲在伞上，
绽开一夜的香昙；
星空与银河，
降落在人间。

渴望孤独

2015-12-19

这一刻，我是这样渴望着
孤独——孤独！
被卷进那歌声的潮流，
浪花是一滴滴泪珠。

我孤独地踏着满地的落叶，
片片又飞到天上。
年年的光景，
一去不还的迷茫。

我孤独地回到过去的道路，
哪里认得原来的小巷？
依然是那片月，
月影不知飘去了何方。

我孤独地月色下思念，

无穷的夜幕，痴望。
城市的大道，
哪里闪着我期盼的星芒？

我只有继续走着，
孤独地走着。
雨下落花的凄美，
风声也和云月感伤。

这一刻，被卷进那歌声的潮流，
我是这样渴望着孤独！
只有那时，
才有月下孤独的诗啊——

月

2016-01-09

寄居在月光里，
我是夜的灵魂。
掩饰了繁星闪烁，
淡淡如天上的薄云。

风儿是幽幽的宽慰，
叶影在朦胧中交吻。
青草的泥香如烟，
也已交织在风尘。

让我的清辉流向窗畔，
荡漾在灯前。
在她睡梦的时候，
留下远方的信笺。

让我的清辉漫溯枕旁，

徘徊在旧衣边。
在她睡梦的时候，
寄托远方的思念。

她的秀发静静伏在身侧，
仿佛是一缕舒缓的歌声；
枕在温凉的臂上，
只有停匀的呼吸安宁。

这安详的人儿，
如羊脂般细腻的面容；
让我的清辉去抚摸，
温柔得是我轻轻的梦。

我也就可以轻轻睡去了，
只是不要错过清晨。
她还安宁地睡着，
眼帘已沉沉。

所有人都睡去了，
空巷的思心。
我轻轻合眼，
应不再有离分。

相处的日子

2016-03-12

现在是要到了离开的时候吗？
当你又一次看到她的背影，她的发，
忽然，仍是有那样轻轻的触动，
风哼唱着多么美妙的歌声。

不再将有多少相处的日子，
还能再轻轻一句早上好。
却要道一句再见，
从此后在哪里再见？

如果只有这最后的相处了，
请静静地选择珍惜。
不是去耗尽那些缘分，
而是默默在人群里守望。

不是抓紧一切，

而是放开所有的时间；
不是追求什么轰轰烈烈，
而是平淡地流淌一段经历。

如果只有这最后的相处了，
请悄悄地选择珍惜。
不是在现在享尽欢乐，
而是存成最不悔的记忆。

不是一时的满足，
而是永远的曼妙的念想。
不是仅仅对一个人，
而是对这一整段的日子。

你还会记得夕阳，
你还会记得轻轻的晚风。
只有这段日子那样好，
泛黄的照片里才有温暖。

只有让这段日子那样好，
人才显得那样好。
就好像夜色如此幽谧，
月才那样梦似的美丽。

醒

2016-03-24

我想到未来：
如果叶忘记了风，
如果蝶抛弃了花朵，
如果月色拒绝了云的吻。

我将如何回忆起：
叶躺在风的怀里，
蝶寻觅着花朵的清香，
月色恋爱着云的轻轻抚摸？

所以：
叶只在秋风里落下，
蝶只发现明媚的花朵，
月色只期待白云的到来。

于是哪怕：

叶已枯黄，
蝶已途中折翼，
月色已悄悄残缺。

夜

2016-04-03

在夜色下的街头，
站在梦似的树下。
来来往往的过客，
晚风悄悄地吹着。

月照亮了她身影，
如荡漾的清湖水。
如果下一场薄雨，
轻轻的忧伤成烟。

把你的记忆留下，
滋润这棵树的花。
又快是开花时候，
几年前的大雨淋。

当她轻轻地睡着了

2016-04-14

当她轻轻地睡着了，
月似的面容藏在两臂里；
是春风里的花儿轻倒，
是鸟儿在树梢休憩。

当她悄悄地睡着了，
长长的秀发淌在肩上；
是缈缈的银河在流动，
是薄云在天空荡漾。

这动人的春色啊，
让我忍不住去轻抚：
清风似的滑过她的脸颊，
吹起她丝一样的鬓发。

这曼丽的人儿啊，

让我忍不住去轻吻：
霜似的触着她的眼，
她的额，她柔和的面庞！

啊，我的思绪已无端，
我的心念正徜徉。
我转过身来也难以抵抗，
我要转回身去轻轻欣赏。

我的眼神已经迷离，
我的感官已尽痴狂。
我不能忍住去回身，
那是多美的彷徨！

于是我轻轻地离开，
怕惊扰她轻轻的梦；
她轻轻地梦，
惊扰着我轻轻的心境！

留在我的脑海吧

2016-05-03

在这别离的时候，
让她的身影留在我的脑海吧。
好像风中摇曳的绿色，
好像荡漾的湖波。

在这别离的时候，
让她的笑容留在我的脑海吧。
好像夕阳下的云霞，
好像雨后的新芽。

在这别离的时候，
让她的眼神留在我的脑海吧。
好像静静弥漫的晨雾，
好像悄悄的小路。

三寻

（一）2016-05-20

我轻轻地想着你，
到了离开的时候才发现。
在了无一人的楼道里，
悄悄地不见你的容颜。

绿叶摇摆在窗前，
招引着我的思绪。
在外的人啊不归还，
夕阳渐渐沉默。

焦躁再也容不下《烦恼》，
树叶都时而在春夏凋落。
扣下书弦等你的微笑，
默默谁也不说。

（二）2016-05-21

树影已淹没在了黑夜，
你也轻轻地不知了去向。
我只安心地等待着，
等待着你的归往。

我已看不见你的面庞，
也已听不到你轻轻地歌唱。
啊这漫漫的时光，
什么时候走过了迷惘？

你轻轻地还未归啊，
我寻着你的芳迹寻找。
一次又一次的失落啊，
隐没在了漆黑的楼道！

去哪儿了？
去哪儿了啊？
天上的星也去了踪影，
只有些微的灯光还未熄灭。

去哪儿了？
去哪儿了啊？
多大的焦虑在心头，
让我如此疯狂！

我只好默默回去，
再也看不到你的微笑。
什么时候你回记，
莫知道我多情的烦恼！

（三）2016—05—22

轻轻的你的步伐向哪里去？
莫让我如此难以寻觅！
你可知在我寂静的孤独语，
默念着你归来的期冀。

闻不到你停匀的呼吸，
就像叶在无风里蒸煮。
又找不到你俏妙的身姿，
就失去了一切的流连处。

你飘飘的发还触着我的心房，
那晶莹的眼神让我莫名入迷。
你快出现在我眼前吧，
让我再好好看一看你！

纠结

2016-05-23

你轻轻地睡着了，
我想为你添上衣裳；
你慢慢地入梦了，
我想为你遮住耀眼的阳光。

你让我想起，朦胧的清晨，
露水凝在枝叶上；
垂入我的掌心，
呵护得像新生命一样。

静谧的黎明到来，
天际初生的朝阳；
每一刻都弥足珍贵，
错过就已难忘。

我多想为你披上衣裳，

为你遮住耀眼的阳光！
可我为何限于纠结？
什么恐惧如此难以抵抗？

我害怕着众人的蜚语，
你的拒绝让我忧虑。
莫让你陷入纠结，
这说不出的思绪！

在寂静的深夜里，
我只想悄悄问：
怎么办啊？

至少还有你

2016-05-26

我知道，你要去远方了——
你记得，我深深念着你。
远方的星空灿烂，
孤独时有它们的陪伴。

夜晚的清风安抚着疲惫的心，
路灯和你的身影在舞蹈。
如果你孤单地走在路上，
不要忘了，云轻轻飘。

清晨会有鸟儿唤起你的睡眼，
阳光透过窗帘抚摸你的脸颊。
如果你还困倦着，
不要忘了，绽放的花。

四季的歌声从不间断，

不要害怕独自走。
也不要忘了，
我就藏在你身后。

如果你忘了，
也会有雨后的彩虹环绕。
至于忧伤的我啊，
静静知道你还在就好。

让我轻轻抱着你

2016-06-03

（一）

让我轻轻抱着你，
月下无言而沉默。
终于，填满了心扉，
灯火不再寥落。

让我轻轻捧着你的脸，
夜里清凉的风过。
就静悄悄地陶醉着，
远方隐约的歌。

让我轻轻抚着你的长发，
渡了无边光阴的长河。
直到黎明再次出现，
是否又要面对那离别？

(二)

让我轻轻看着你的眼啊，
你在风中消退了痕迹。
我的泪水也飞去，
留下粉末的回忆。

让我轻轻吻着你的唇啊，
抹去了模糊的印记。
夏夜也有莫名的寒冷，
要把深深的伤痕清洗。

让我轻轻抱着你啊，
在这寂寥无人的夜里。
我紧紧地抱着你，
这磨人的雨季！

感觉不到的时候

2016-06-11

见不到的时候，你可知——
幽幽的夜里没有诗。
我想勾勒柔美的信笺，
月色却不来到我面前。

听不到的时候，你可知——
悄悄的清晨没有诗。
我想轻触叶上的珍珠，
阳光却抹去了霜露。

嗅不到的时候，你可知——
缓缓的午后没有诗。
我想陶醉在高处的清风，
远香却已散入朦胧。

感觉不到的时候，你可知——

每时每刻都没有了诗。
我只想知道你的所在，
却得不到丝毫的讯息……

慢慢地

2016-06-11

如果花儿枯萎了，
就多浇些水吧；
如果雨打湿了大地，
就慢慢些走吧。

不要放弃花的重生啊，
不要放弃那清新的空气啊；
为了你的心愿，
没有什么阻碍啊。

抬起头吧，莫要害怕，
不过是狂风而已；
它吹开你的长发，
你只会更美丽。

伤痛又怎样啊，

你顽强地拒绝它啊；
为了那最初的愿望，
多些路程又怎样啊。

新希望

2016-06-21

若我成为一片树叶，
自在地汲取着阳光；
当我随风悄悄去远，
我希望，
另一片将承着它的滋养。

若我成为树梢的飞鸟，
一缕深蓝划过我的翅膀；
当我孤单地再也不飞起，
我希望，
另一只会感到世界的欢扬。

若我成为今晚的月色，
我清清得如淡淡时光；
当我默默消散在无边宇宙，
我希望，

另一缕宁静地留给了家乡。

若我成为温暖的风，
带着莲花的芳香；
当我终于无力吹去，
我希望，
另一阵悄悄地拂过脸庞。

若我不再有这美好的夜晚，
若我失去了这美好的诗，
若我错过了这美好的心情，
我希望，
另一个人总还拥有啊。

她的诗

2016-06-24

（一）

我不知道，还会不会有你的诗，
在我最怜爱的月光下。
听，夜里小雨正淅淅沥沥，
夏夜沐浴着雨，也沐浴着生机。

我不知道，还会不会有你的诗，
在我最期待的树荫下。
感受着，叶与叶的私语，
风儿也轻轻地和，拂上你的脸颊。

我不知道，还会不会有你的诗，
在我最记忆的小巷里。
漫步，昏黄的灯光摇曳，
零星偶尔出现，每次都是无穷的梦。

（二）

当我不再回到这里，
那里可还曾，还有一株泡桐在开花？
莫要风雨的摧残，
让那斜阳下的一抹紫，恣意地开吧。

当我不再回到这里，
那里可还曾，还有书声回响？
冬日的阳光，
依稀入了教室，深厚而温暖。

当我不再回到这里，
那里可还曾，还有阳光下的你？
轻轻伏在桌上，
安静得像睡梦里的鸟儿。

（三）

没有什么怀念，
轻轻照一朵花送给我吧。

莫要攀折，她还恋着风露，
让她留下我的念想吧。

没有什么怀念，
轻轻一个拥抱吧。
莫说再见，什么时候能回来，
断了我如絮的恋吧。

没有什么怀念，
我轻轻望着灯影。
“假如你愿意，请记着我；
要是你甘心，忘了我。”

偶想

2016-06-28

当我说出来，
你们不要惊诧。
谁知道前路是飞扬，
抑或是暴雨中的毁灭。

我想那将是孤独的旅程，
站在树荫下回忆曾经。
是我悄悄远去，
还是你慢慢消失。

明知荆棘满途，
我仍走向此路。
因为没有愿想，
所以甘心流亡。

孤独之旅

2016-07-06

我悄悄走在运河畔的路上，
人们的匆匆家路满是迷茫。
我藏在伞下的一片天地，
轻闻着雨水淡薄的香气。

我慢慢游荡在太湖之际，
夕阳早已沉没在浓云里。
道路上时而过去了车辆，
我却在离开住处的方向。

我看到极远处水天一色，
映衬着我这单单寂寞。
谁在水接天处与我对望？

我登上青翠之中的缥缈峰，
有一池太湖水沐浴着清风荡漾。
我便默默在小小池中许下愿想。

无话

2016–07–17

我拼了命地想写诗！
然而我已心烦意乱；
失去了冬日里洁白之纯粹，
混乱了夜色下迷蒙的天。

哪怕只有一笔的诗，
却也虚度在思绪千千；
一笔写不尽的心念，
又何能把纷繁化简？

分不清它们的来向与清浊，
只奔涌交汇打着风帆。
各处的激流阻塞在心头，
到底也是有笔无言。

游思

2016-08-27

就这样，默默地走了；
多想带走这一切。
我安宁的花儿还在开，
悄悄的沙漏永不停歇。

你已在那片美丽的树林里，
像那荷塘，安安静静的；
也无须言语，
只留下蝉声与月。

你去了，你爱的地方

2016-09-17

你去了，你爱的地方；
我在这边悄悄地远望。
在雨后的树林荫翳，
只留下了你的足迹。

偶然的一个回转，
浮现一个小小期盼。
雾里绽开的笑靥如花，
眼中流转着星光清华。

但愿，但愿，
在荷塘边再见。
或牵着暖风的手，
也不负你的明眸。

忆

2016-10-01

别来无恙的日子啊，
闲来无事，想起你。
听到你的声音，
反反复复地沉迷。

那边是夜晚的林道，
月光透过树的荫翳。
一个人悄悄地走着，
平凡日子里的宁谧。

偶尔骑过的自行车，
叮叮的声音多奇异；
与天上星的悄悄话，
疏散了一天的倦意。

清风拂过了荷塘，

悄悄地就愿舞起。
多美好的归程，
一如年前我的小巷里！

那童话里的树啊，
还有着灯下幽幽的光；
偶尔经过的同学，
相遇在清朗的晚上。

只是你还未曾走过，
已去了那美丽的地方；
我却也还记得一株泡桐，
春末里纷纷的花扬！

那时我沿着一条小路，
默默地走过你的窗下。
仿佛已轻闻到你的清香，
直染了月上的繁花。

清晨的阳光在天边朦胧，
我站在路边静静地等啊；
远远地你的面容出现，

那是你最美丽的年华！

真想再听一次你的声音，
依旧是熟悉的样子；
想起还能见到你，
忍不住地思念你。

无题

2016-10-15

漂在忙忙碌碌之中，
什么也想不起。
闲来无事的时候，
总是记着你。

送给一个奇想

2016-11-15

沐浴了一年阳光，
终于从树梢落下；
纷纷随着风飘去，
画出了你的长发。

忆起夕阳

2016-12-02

真想再去看一看夕阳，
真怀念，她的容光穿过了树梢。
静静地，抚平了天际，
安稳了每日的喧嚣。

她平稳地落下时，
枕着云与风——叶在轻扰。
窗外的绿啊，闪烁的梦，
成了过去的歌谣。

那一个个夜晚

2016-12-03

仿佛还能回到沉眠了很久的夜晚，
那是一个个看你回去的夜晚。
我在这处的车站下，盼着那处你走来，
如夜色里云散开的朦胧的月影。

你有回家时的笑容，我却看不见，
但那熟悉的身影正走过。
那真像是你，又好像不是你，
所有的路人都像你一样。

仿佛还能回到沉眠了很久的夜晚，
那是一个个望着背影的夜晚。
一如我一样渺小，如微弱的灯火，
摇曳着，从路上轻轻走过。

往来的车辆时而挡住你的背影，

仿佛忽地遁形了一样；
你的背影也忽地消失在夜色里，
消失在小巷里，消失在眼神里。

仿佛还能回到沉眠了很久的夜晚，
那是一个个默默归去的夜晚。
又看了看你消失了的地方，
一条路也如江河，黑夜里没有方向。

好像许久没能想起你

2016-12-21

好像许久没能想起你，
已抹去了你的容颜；
若水里捧起轻颤的月光，
若风中觅着摇曳的迷香。

若有晚风的低吟，
一缕月光如琴弦；
想念是她的摇篮曲，
就这样悄悄入眠。

我有一个秘密

2017-01-19

我有一个秘密，
就藏在那株风信子的花芯里。
去年她忽地败了，
我以为已经无望，一年不再管她；
忽地今天，
她又冒出了萌芽。

无题

2017-01-21

我爱你星一样的眼睛，
那里有无垠的绿色草原；
那里有遥远的天空，
满世界洁白的雪。

我爱你月似的面容，
让我想起风与薄薄的雨；
让我想起花还在开，
面对朝阳的微笑。

你种起了春天的芬芳，
你留下了泥土的痕迹。
若那银河中的梦，
美让人窒息。

可是啊，我的耳畔缭绕着歌声，

我的目光里尽是纷繁的色彩，
我的心里埋着自由的种子啊——
如何因你而忘记！

我也期盼啊，让悠扬的歌飘起来吧，
让鲜妍的笔飞起来吧，
我也热爱那世俗的生活啊——
我也要去追求啊！

如

2017-03-09

如果把梦刻成了画，
白色的一袭裙如风的弧线，
白色的头花如蝴蝶停留。
你忽然转过头来，
你忽然转过眼神——

如水荡漾着月光！
如星在澄澈的夜空闪烁，
如钻石在阳光下，在雪中，更加明亮。

如一段轻轻的雨中梦，
如澄澈的云与天，
如雪糕的甜里清凉。

如薄雾的柔软，
如溪流的鸣唱，
如清晨的香。

想起你

2017-04-27

礼堂前的草坪又绿了，
我已因忙碌而归为平静；
在又生出的绿荫下，
我仿佛已忘记。

可一份爱怎么消失，
虽然我好像放下了你；
心中便有了一种渴望，
想要付出我全部的自己。

献给飘着白云的天空，
献给渺茫的无垠大地；
若没有了这样的期许，
如何让生命拥有意义。

我已暗暗有了思念，
思念未来的孤独与沉寂；

献出这一生了吧，
献给一切安静的夜色里。

只是偶然时，
好像听到了你的声音；
水一滴落入了湖面，
刹那间轻敲我心。

只是偶然时，
好像看到了你的背影；
如一朵花忽然——
啊，我沉埋已久的深情。

又是一树紫花下，
没有当年零落的痕迹；
不知道很久以后，
会不会再想起你。

我还要在这条路上走，
还记得你家楼下的夜色迷离；
在我将来无比疲惫时，
会不会想起你。

現代詩下篇

三十四首

月儿将缺了

2013-09-20

月儿圆了，
就在浩浩的星空。

她曾经还像——
春日游丝，
纤细，好似萌芽；
多么久的等待，
才换来那一夜的
玉琢的花。

但她立刻——
又要如落瓣，
凄清，是最后的舞蹈；
一下子的伤，
将是多久的，
破碎的痕，渐渐的消。

月儿缺了，
就在浩浩的星空。

过去

2014-02-08

过去是个易碎的梦，
我那样想挽留她，
她却一去不返；
哪怕是偶尔的回首，
也渐行渐远。

突然，
消失在新的清晨，
又一次睁眼。
才发觉，
我又错过了一晚。

梦

2014-02-11

在美丽的帐子上，
缀满了花儿；
每天，
我就这样——
看着它们，
在微风中荡漾。

月夜

2014-02-14

帘没有掩尽。
那柔柔的月啊，
透过窗，
穿入帏，
静静地洒在我的被，
又是一条银河。

序

2014-03-12

天是何时蓝了？
鸟儿是何时归了？
谁知道？
春也不知道。

没有忽来的风，
也没有忽来的雨；
绒芽就忽然生了，
一切就忽然好了。

窗外的风

2014-04-04

这么久了，
躲在屋子里，
好像已不认识
窗外的风，
它在向哪边吹？

希望

2014-04-10

风儿轻轻吹，
花儿一片一片，
悄悄落下，
沉睡在碧草间。

不知道哪时，哪处，
是最后一片；
抬头却看见，
这时，这处，
还有花儿在我眼前：
它朝着夕阳的微笑——
静静地灿烂。

溪流的歌

2014-04-24

是谁在树林里歌唱？
是谁在青草畔流淌？
我是这样的溪流，
欢乐在风中飞扬。

朝着远方流淌，
轻托着花儿的希望。
她也要去向远方，
笑着乘我前往！

朝着远方流淌，
倾听着鱼儿的梦想。
她也要去向远方，
我们在笑语里徜徉！

看啊——

是一片的迷茫！
一道风雨的屏障，
却挡不住溪流的欢畅。

我只静静地流淌，
总会穿过那一片迷惘。
花儿有月似的笑容，
鱼儿是嬉戏的喧嚷。

是谁在树林里歌唱？
是谁在青草畔流淌？
我是这样的溪流，
欢乐在风中飞扬！

孤独

2014-05-11

午后泡一碗闲茶，
在阳光下的藤椅，
路上一个人也没有，
就这样看着蓝蓝的天——
睡着了。

雨夜的希望

2014—05—11

雨下了很久，
很久——
一盏盏不绝的更漏。
时间，
在无人的夜里流走。

独想听夜里的风，
怕雨洒进屋——
滚落的珍珠。

独想看云上的月，
怕冷向里吹——
结晶的冰水。

只有无边的等待，
晨光何时出来？

问一问窗外的雨——
什么时候是个结语？

一句话也不回答，
依旧是滴滴地落下。
在闪闪的银水洼——
清晨的彩云霞。

那年的秦淮河

2014-05-17

古老的秦淮，
古老的过去。
霓虹灯倒映在水里，
船上艳异的欢歌笑语。

夜色是无边的帐，
谁都在这小河道上拥挤。
不喜这浓彩，
繁星似的灯火总难忘记。

到了水墨的清晨，
行船靠了岸边；
想是一夜繁华已过，
却还有人不返。

遗失

2014-05-18

我有一个精巧的沙漏，
是多年前的物什。
那时不好好放置，
水晶的光阴，
也不知躲进了哪个角落。

去寻找那停止了的过去，
再也找不回，
就像那是一场梦，
从未发生过。

一切的影子，
不过是错误的记忆。

爱——写给我和所有汇文人

2014-05-26

过去的荫凉下，
什么也不觉得。
到了别离的时候，
静悄悄的落寞。

一张突然的照片，
向谁伤心地说？
也不知哪里来到——
来到这涌动的心窝。

少年啊，
别让这爱太突然了；
你还等着这爱——
等着它细水长流呢。

晚

2014-05-28

顶上的碧绿在风里摇，
摇啊摇，
送走了天上的蓝，
再见了今日的欢笑。

天底的白云在湖上飘，
飘啊飘，
划过了树底的眼，
飞向了明天的树梢。

雨下的天

2014-06-14

天是如此的高，
想摘一朵云，
伸手也触不到。
只有淅沥的雨后，
湿漉的小径，
天才在脚下。

写给雨的无聊话

2014-06-19

这清清的夜，
你轻轻地飞。
天上的虹，
揉碎了风吹。

夜里的彩蝶，
浮沉着追；
月下的歌声，
点点地醉。

一抹水彩，
那婉转的音弦；
划过这夜空，
穿梭了时间。

不知你向哪儿？

远处的灯火阑珊。
抬头看看月色，
那是你洗过的冰颜。

在？

2014-07-16

沙滩上怎么也找不到那一颗珍珠，
暴雨中怎么也寻不到那一滴泪水。
最忘却不掉的东西，
藏在黑漆漆的洞里。
想要伸着头向里看，
随时陷进去。
脚底的踩空、
朦胧中失重。

累

2014-08-03

什么时候
时间凝结成了
虚空里飘着的一滴水，
我就可以躺下来，
沉睡在星河。

想想看

2014-08-29

经了黄昏的骤雨，
度了昨晚的冷夜；
清晨的啼唱，
朦胧的目光里面，
你可还记得昨天？

释

2014-08-31

细雨让你撑起了伞，
幽幽而来的轻衫。
朦朦胧胧的薄雾，
在晨晓中弥散。

谁知道你的方向？
谁知道你的念想？
高楼间的夹缝，
认不清哪里是东方。

冷涩的空气黯淡，
一如沉睡中的晕眩。
时间强迫着走，
可还记得你的夙愿？

刹那念

2014-10-12

风儿，风儿，
动人的弦声——
夜里的抚摸，
水晶似的安慰。

掩埋

2015-04-23

我荷着锄，
深深挖开它的墓。
未凋落的花儿，
让我生生掩盖在泥土。

风里的蜚语，
骤雨被暗诉。
唉，不被它所折磨，
也埋葬了香馥。

无题

2015–05–02

雨落在灰色的阶沿，
阶阶都在哭诉那历史的悠远。
我对着灰色的石阶，
雨水从高高的阶上流到我的眼前。

又在这雨水里，
伞下我寂寞的灵魂——
妄图寺里的古树，
沁染我的愁心。

让雨打破沉沉，
风吹透衣衫；
没有飘移的浓云，
漫天的薄烟！

来啊，编一环花环，

献给舞蹈的精灵；
织起一丛夏叶，
长长的绿纱遥遥奔向晨光！

疲惫

2015-05-23

我在匆匆地走，
风吹弯了花草；
树叶的鸣唱，
总躲不了纷纷扰扰。

晴空像湖水一样澄澈，
云自在地飘；
弥散的烟久了，
凝成水珠都是苦恼。

飘

2015-05-24

风，
落叶曾经鸣唱；
雨水，
一把伞有时也难抵挡。

云，
雁送别了夕阳；
夜色，
灯光昏黄地泣在地上。

漫步夜雨

2015-09-29

巷里的水洼，
映着昏黄的灯火；
是谁的足迹，
在波纹里一闪一过？

不远的尽头，
谁能正巧逢着？
迷蒙的夜雨里，
闻到清梦似的月色。

雪

2015-11-23

你好啊，
我却没能去迎接你。
匆匆的日子，
好不容易有了你的消息。

我盼望了几年，
你才这样漫漫而至。
你呼唤我出去，
我已埋在深深的繁忙里。

你覆盖道路了吧，
为我铺起那洁白的毯子。
风吹着你飞舞，
想闯入我的窗户。

你在想：

我千里迢迢而回，
他却躲在屋里，
怎么也不出来。

你在想：
我千里迢迢而回，
他却毫不心动，
一点也不惦记。

谁知道啊，
我多么渴望看你一眼的机会！
我这一年啊，
感谢你还能回归。

却得不到这样的机会了，
不得不错过的，日日念想。
一天就这样过去，
每天都这样消亡。

也不知道，明天，
你还留下多少芳洁？
我等待你，
你也等着我啊。

夜

2015–12–10

我期待着再一次，
夜晚里和它相遇；
这温情的夜，
即将与我又一次别离。

月色仍像清澈的水，
轻轻荡漾在天际；
晚风吹散了沉霾，
是女子温柔的气息。

幽幽的灯光，
还隐约在朦胧的记忆里；
安静的街头，
没有什么打扰着夜的休憩。

沉睡在迷离的梦中，

没有繁忙的顾忌；
直到凉凉的清晨，
也不需要新的期冀。

深深的幻念啊，
仿佛没有明日。
如今却是最后一晚，
只等明早的风铃语。

絮啊飞啊飞

2016-04-10

絮啊飞啊飞，
漫天的飞雪；
仲春的阳光，
骄人的明媚。

絮啊飞啊飞，
舞蹈的绵糖；
零落的肩头，
温暖的风吹。

絮啊飞啊飞，
湖波的月影；
遥远的天边，
动人的凝泪。

七叶莲

2016-05-22

我亲爱的七叶莲啊，
我在阳光下为你浇洒！
即将到了那灿烂的夏日，
你悄悄送给我新的花！

新枝还是细嫩像新生的梦，
如天上星四散的光芒！
绽开了，绽开了，
清风吹入我的小房！

这两枝新的生命啊，
让我在沉沉中幻想！
一夜你就会长大，
明早的你多么芳香！

故事

2016-10-03

好像有第三只眼睛，
悄悄在身后看着自己；
在某个窗前或月色里，
就仿佛看到一个奇妙的故事——
充满了奇缘的故事。

它奇异如银河，如阳光下的雨，
闪烁着点点的伤心和幸福，
竟让我不忍割弃。

雪

2017-01-16

轻轻地游来了一滴雪，
轻轻地触及我的嘴唇。
发生在朦胧的清晨里，
若梦中一次淡淡的吻。

温柔如暖夜流淌的月光，
便同水一样化开成了云。
仿佛是在无垠的大地上，
一朵白玫瑰绽开了清芬。

我的诗都写在深夜

2017-01-22

每每我的诗都写在深夜，
思念着看不见的晚月。
家里人安稳的呼吸，
静听着大地的气息。

每每我的诗都写在歌声里，
悄散开心绪的涟漪。
看得见遥远的树荫下，
孤单的影子舞如花。

城市与歌

2017-01-31

我曾多羡慕远方，
在安详的瓦尔登旁，
也修起我的木屋，
夜里看着银河的波浪。

我曾多羡慕远方，
迷蒙的月光在流淌。
某个偏远的梦里，
安静地在梦里徜徉。

但不知什么时候，
我就喜欢上了城市；
我也爱华丽与炫耀，
我也爱奢侈与风姿。

我爱清晨里的车流不息，

更爱夜幕下的流光飞驰。
当我在金黄的灯下行走，
当我在闪耀的大厦下——

忽然一首安宁的歌，
轻抚着心底的伤痕；
柔和的歌声扰着心绪，
我在繁华的城市里生存。

这时我想起她，
世界如此深沉。
匆匆忙忙的道路上，
我愿在这里入眠。

古诗词

诗部四十六首

无题

2012-04-13

轻柔映月光，清静享书香。
方醒出仙府，又迷入梦乡。

无题

2012-08-02

冷夜窗纱透半幽，遥思皓月未回头。
无声万籁独清脆，阶下粼粼落水流。

无眠

2012-09-09

帘遮墨色天，梦断红楼曲。
灯洒泪酸酸，人执笔郁郁。
正怜晚月无，不料初阳续。
只求茶尽时，袅袅烟还绿。

浴时有感

2012-11-21

清人淋落水，未见挂彩虹。
忽如人飞降，不似雾腾升。
虽临荒深谷，仍闻飞鸟声。
人生不称意，只作笑谈风。

冬夜梦月

2012-11-28

微光笼玉璧，皓月在何方！
如越九天外，欲飞十斗旁。
遥观留倩影，近盼逝清芒。
惟见孤舟满，独怜冬夜长。

夜雪

2012-12-21

一夜飘春絮，连成白雪风。
衣沾滴翠露，光照舞萤虫。
落自青天下，散来皓月中。
明晨好景色，万片玉玲珑。

赠笑寒

2013-01-12

长烟落日断云霞，寒月初升闻桂花。
一色空中隔万里，何时互映复双华？
遥见余晖沉入海，孤镜悬天照谁家？
愁人滴泪深见月，枯灯不灭成幽遐。
冷热银烛对暗影，长举金樽照明镜。
昨宵仍唱成三人，今夜难离分双境。
一宿尽落数枝梅，双泪皆飞几尊杯？
白雪散去冬思尽，绿柳垂下春意微。
可怜君我难再见，不堪日月尚轮回。
送君十里休欲语，知己天涯莫伤悲。

咏雪

2013-03-21

一夜春风莫晓愁，闲飘瑞叶月娥楼。
梦微不见压枝断，晓露初闻煮芋熟。
梨蕊难成清色在，梅花拟作淡芳流。
娇羞玉朵与晴日，吹入春风满絮洲。

醉望崂山

2013-03-29

醉心望远山，点点绿生烟。
朱瓦临山立，青云依水连。

偶作

2013-05-16

云气凝青翠，孤峰欲入天。
高飞鸟刹起，独举月惊悬。
山岭皆难阻，星辰将可攀。
六合一览尽，天下纵横间。

雷

2013-06-04

耀星忽不见，夏夜起雷声。
鹏啸惊悬月，天灯裂墨穹。
颤窥叠雾里，急隐重云中。
一落九千丈，混茫复未生。

无题

2013-06-15

遗风汉魏绮丽南，曜星灿烂柔柳前。应寻哪家言。不闻复古兼习律，一代诗家出唐间。

再观初中毕业纪念照有感怀师兼以别校

2013-11-06

去春零落花飞送，送到秋寒人不还。
多少辛酸难泣尽，寻常颇颔易容残。
仍思别恨长亭外，复怨离情枯柳前。
飞叶萧萧为作泪，秋风惟幸与君言。

赋得自君之出矣

2013-12-08

自君之出矣，残叶多漂游。
思君如流水，愁满一江秋。

归家巧遇

2013-12-23

晚寒初透薄衫，孩童笑戏南园。
青梅共着竹马，双双无邪楼间。
若是当年顽劣，可能却与相欢。

叹柳絮

2014-01-02

春气生绵乱，随风到处飞。
虽知应化蝶，渺渺向谁依。

别后

2014-01-29

月色独无语，闲抛泪欲多。
难眠红豆乱，懒倚锦衾薄。
好梦藏幽夜，清风拒素罗。
层层深幕里，寂寞向谁说？

春后叹花二首

2014-06-18

其一

春来开满树，独在一枝间。
不管来寒雨，惟凭有丽颜。
阴云当迫速，清色亦摧残。
最恨花零落，逐风不自怜。

其二

可怜蹂躏去，莫葬玉根前。
飞瓣风云里，遗痕泥淖间。
寒中难守性，夜里易销残。
一片飘零后，谁知君淡然？

夜作

2014-09-05

江水长横去，稀声渺渺云。
南乡终易返，北信始难闻。
月下寒飞雨，窗前暗梦魂。
谁将风断念，不使乱思心？

归程

2014-11-18

夜清停碎叶，风冷暗销魂。
渺渺还家月，凄凄迷路云。
昏明幽巷影，萧瑟慢行人。
谁晓无声里，叹息何处闻？

久矣思而未作

2014-11-27

萧萧凉道远，喧叶乱芳菲。
无意乘星去，愁怀踏月归。
风霜浮冷面，树影谢幽梅。
暗巷何年尽？天南一雁飞。

小雪有感

2015-01-15

久矣不逢雪，前日偶见，亦不复当年漫天之势矣。

微雪茫茫里，三年不复华。
寒风催絮起，沉霭代花发。
无意残枝路，仍怀清月家。
一番浑似梦，入手已无涯。

怀岳阳楼

2015-02-13

数年前，余尝登岳阳楼，临风浩瀚，接滨翻涌，旷然不自持，如游天地之无尽，何感人言之渺渺？

登楼穷远目，旷色接天蒙。
渺渺云中雨，潇潇楼上风。
轻舟孤入海，飘宇漫来声。
但乘一叶去，何必待扶鹏？

夜行江畔

2015-02-20

橘树安宁睡，湘江寂寞流。
星烟忽破夜，独望月梢头。

月夜有感怀时

2015-04-14

穷思为一语，江渚送驰波。
春月凭多恨，谁知泪满罗？

再别西安

2015-05-03

夜台寞寞影，楼远暗云轻。
风涩零星落，烟薄细雨盈。
飞檐衔古月，流水入高冥。
一去终难返，别时忍泪停。

雨后有怀

2015-06-27

觉时啼树里，夜雨尚安眠。
地上移云动，溪边转径闲。
空烟迷远巷，檐露落清泉。
一刻山香起，不知在世间。

夏日偶恙

2015-07-22

无休多累日，季夏偶伤风。
暖夜偏难睡，清晨空自慵。
风中携闹鸟，病里有鸣蛩。
浑欲能身起，谁堪无力撑。

飞丝

2015-07-23

空里乱飘游，随风跌宕流。
渺然疑是雪，欲满少年头。

夜

2015-07-25

席枕多安睡，无人知几更。
蛩鸣清滟影，月露隐约风。
澹梦追蝶苑，幽思覆鹿程。
悄怜迷叶下，蹑蹑倦归声。

末夏忧心

2015-08-17

云停夏夜月涤城，楼外天山一共青。
气暖寒枝慵睡叶，香凝散露冷鸣蛩。
惟闻三岁勤中事，不晓十年学外情。
但到出庐无憩日，谁知何处是前程？

无题

2015-09-28

夜月今何在？停停一望之。
流风闲卷叶，幽影苦成诗。
巷火眠秋半，窗灯望晚迟。
飘飘何欲返？正是寂寥时。

无题

2015-10-03

忍夜应催倦，闭门当拒寒。
蛩声息尽季，月色漏辉阑。

无题

2016-02-20

守夜听风信，仍存喧闹声。
薄烟悠入梦，余响慢还风。
明月应白彻，空庭将绿浓。
灯前仍静谧，笔下却朦胧。
杳杳秋阑遇，欣欣晓破逢。
柳枝能绚叶，蒲羽已飞蓬。
一去新年焕，三期旧事穷。
偏然独道路，几度再相同？

赋时遇雨有感

2016-08-18

久矣不成诗，言言皆久织。
连珠曾若雨，寂寞复谁知。

偶归

2016-09-01

燕既离巢外，悠悠自在飞。
偶得身暂落，忽有泪连垂。
三日逍遥去，一夕寂寞回。
何堪千里者，风下亦伤悲。

雨思

2016-10-21

一雨带寒秋，霜凉若满头。
纷纷敲月碎，汩汩落花流。
归宿泠风苑，飞思小叶舟。
谁知多不语，惟有梦中楼。

无题

2016-10-26

独闻芳草语，秋色落纷纷。
云下泠风枕，清园少路人。

雪日偶有所发

2017-02-22

恣肆满楼台，一观天地白。
煌煌挟月下，煞煞裹风来。
峭冷虽难抵，潜香岂易埋。
独当纵意舞，且看众花开。

小园游夜

2017-02-27

夜静空如水，风澄径有香。
抛书宜梦好，最是小园凉。

无题

2017-03-05

季末忧香落，飘零几度闻。
觉应相忘久，梦里又逢君。

晨起感事

2017–03–08

梳发披衣望霭无，澄空若水日东出。
浮花欲上期清雨，沉草将发恋露珠。
纵爱春冬风与雪，何堪昼晚笔同书。
人思物梦偕抛去，唯有桌前绿半株。

归校有感兼以慰案前之植

2017-03-13

余有七叶之莲，昔时母之所赠也。甚喜爱之，相看不厌，今一年而旬月有余矣。然今不知何故，七叶凋敝，余甚痛惜之；更兼日夜倦惫，期友不至，乃有此作，以抒忧怀。

无边夜梦为谁思？道上儿童笑语时。
久怅长风途漫漫，遥期明月客迟迟。
犹怀夏日还春日，无意新诗复旧诗。
独对手植相慰藉，一枝零落亦难持。

谢友春游之邀

2017-03-19

碧色乘春起，君邀柳下行。
浮花开万里，独守一青坪。

雨中过故地

2017-03-25

一路新枝一路尘，飘零飞雨化烟云。
风怀柳絮何由去，梦落桐花无处寻。
旧地迷蒙偏固在，故人相似已离分。
滴滴点点催别远，数遍闲愁数遍春。

春日访冯君

2017-04-03

春色撩人日，欣同一小酌。
相逢仍倦惫，交语不须多。

古诗词

词部三十五首

月宫春

2012-10-04

愁人独卧锦帘中。帘外挂苍穹。古来今照意痴童。昨夜望蟾宫。

今夜貂蝉为闭幕，春风月、伤尽秋桐。见时碧玉已残容。惟似影朦胧。

忆秦娥·次韵太白词

2013-03-29

怆声咽，朦胧痴父朦胧月。朦胧月，青云无色，晓风吹别。

伤怀歌柳清明节，欲闻回首影先绝。影先绝，玉枯难照，孔家残阙。

临江仙·月

2013-07-03

穹宇斜开横万里，空然一缕清辉。不知何处玉蛾眉。似游丝软系，若落瓣闲飞。

借问几回悬绣镜？半时未半时亏。桂华只是莫相催。待来光满日，长照夜光杯。

水调歌头

2013-07-12

风细叶西落，月小水东流。远山轻啜烟雨，欲饮醉翁瓯。吾钓江鱼桂影，一曲长箫遍彻，盘里瘦孤舟。楼榭静声夜，菡萏暗芳秋。

清辉转，簪花影，是谁留？蛾眉柳眼，婉旋轻舞黼黻柔。化作飞蝶乱点，缀满云钗枝上，雪落半回眸。始入迷荷雾，便隐惑菱洲。

菩萨蛮

2013-10-17

碧烟袅袅芳枝绿，斜飞燕子停珠露。漫野涣新鲜，谁声清可怜？

笑颜归浣后，菡萏羞花瘦。窈窕去留香，薰风尽起妆。

生查子·再游校猫大黄墓有感

2013-11-07

前年春气阑，君我相缱绻。
芳草动风和，锦鲤游池浅。
今年秋气寒，少与君相见。
独自念当初，石墓残枫掩。

鹊踏枝

2013-11-13

独自归来怜日暮。乱抚残风，叶落逐寒路。才复闲情留待住，秋帏愁倚无聊处。

闻道芳菲盈晚雾。月色溶溶，又忍能辜负？懒卷珠帘流入户，卿容渺渺不堪顾。

摊破浣溪沙

2013-11-17

倚枕空怀对月愁，清烟缥缈笼娥楼。谁寄情思纸鸢去？正风柔。

自是凄凉残叶影，旋飞无个共携游。暗洒泪华滴锦被，不停流。

菩萨蛮

2013-11-18

小园芳草新鲜碧，清风弄朵娇颜戏。何必苦相逢，更添朝暮情。

纷飞花落去，一减春无处。独坐玉枝边，翩英谁在怜？

摸鱼儿

2013-11-23

忆当年、小池初见，依稀烟柳晴絮。清华柔洗荷香软，无迹夜时风雨。新叶绿，自闲把竹笛、吹尽春归曲。芳音飞缕。惹归燕留听，流云凝驻，暗人小楼处。

谁曾道，一旦相思正苦，春心无计消去。佳人欢舞随欣笑，别后独伤庭宿。常夜午，纵有酒愁肠，暂且消怀绪：能安几许？任故作无情，思量繁琐，不寐向谁诉？

苏幕遮

2013-11-23

叶霜残，烟凝久。满院流华，绿碎红香瘦。怀子翻出愁泪溜。不拭啼痕、帘外寒宫旧。

任珠流，风雨骤。伤却今时、又恐别离后。小径当年还碧柳，消彻卿声、更与何人候！

醉花阴

2013－11－26

月笼青烟风满袖，寒贯薄衫透。碎叶乱飘零，朔气忽来，吹遍枝前后。

小桥还念竹笛旧，暗影独行久。寂寞正销魂，更卷浓云，催使人消瘦！

腊梅香

2013-11-29

漫语回时，寂寞正无聊，不关萧瑟。直恐喧声乱，掩首秋衫皱，琼枝慵卧。梦在香丘，花乱颤、锦衣悄落。绰态娇颜，斜颊攲枕，绽芳兰若。

一任牡丹无情，动人容映月，流霜凝雪。更晓彤微透，应恰似、红杏倚云色。震醒芙蓉，舒柳眼：是何人轻惹？怨向风中，又急还睡，任他谁错。

苏幕遮

2013-12-07

叶金残，枝绿少。满地飘零、不觅相思俏。旋起浮沉烟杳渺。吹向香丘、正慕红英绕。

碧云天，清景好。独自依依、梦与飞蝶笑。一阵冷风忽逆了，剪断微缘，葬在尘泥淖。

醉花阴

2013-12-08

前思及笑寒，泪雨不禁，情发若江河，顿而无辞，难道相念。今作之以结此事。

薄暮长霞横杳渺，吹煞朱楼好。漫卷北寒帘，迢递东南，梦断残阁老。

锦书遥寄流云绕，正月华斜照。一曲更催情，拭泪难休，直使鲛绡恼。

临江仙

2013-12-09

薄暮凄凄残柳畔，西天云彩熔金。晚风贯袖正归人。急行无意驻，虚设小楼新。

对向长烟独自去，谁怜泪满鲛巾。惟是倾怀与东君。悄潜寥寞影，一霎隐轻阴。

醉花阴

2013-12-24

夜卷薄风霜满砌，楼宇连林立。无语对寒宫，云掩流珠，月伴离人泣。

谁知小帐长相忆，兀自凄凉地。此处正清空，叶不飘零，可似是、春消息？

临江仙

2013-12-27

一曲澄江云外转，轻舟任意漂游。对歌醉酒不知愁，酒江天碧醑，笑向晚烟幽。

灯火盈风消月影，氤氲莫阻香柔。长应荡漾自淹留。只惜无美眷，当是第一流。

花犯

2013-12-30

晚霜凉，薄云散尽，残枝去春俏。暮天悠渺，正断肠行人，无限夕照。归程各自别离后，难说清景好。问道是、几知幽怨，偏须挥袖笑。

风情自古最撩人，从来欲剪断，相思难了。谁正望、独消瘦，路边凄草。悄声语、以为倩影，回领看、仍应堪窈窕。空梦想、非卿桃靥，泪含独到晓！

鹊踏枝

2014-01-27

还看沉沉烟霭骤。别了长亭，夜夜寒窗后。疏影徘徊何必久，料应玉泪愁依旧。

却道薄情欺病酒。日日无聊，怎把思量够？帐里月华人正瘦，到明又是滴更漏。

苏幕遮

2014-02-04

冷烟青，寒天墨，暗笼琼楼、薄怨深深锁。倚枕痴怀清夜过，帐里难眠、帐外繁华落。

转销魂，偏泪涩。不晓何方、久矣思量破！飞燕应归春已迫，明月依稀、照向人寥寞。

鹊踏枝

2014-02-22

夜夜轻寒偏久待。烟复沉沉，春气今何在？闹彻昨宵叠乱彩，新晨还是旧情态。

谁道良辰容易逮？更掩斜阳，暮里浑无奈。欲把清愁一霎改，东风不洗归前霭。

满庭芳

2014-04-05

翠染新枝，风摇嫩叶，爱尽红惹晴窗。谁催梦醒？一片落花殇。行客匆匆过去，应怜此、同种春伤。难追忆，当初笑语，旧梦已茫茫！

愁长。独不晓、流时何去，正逝斜阳。忽残月依依，悄浸流黄。将对明年此道，还惜叹、暗睡丁香。空垂泪，花应解语，无奈悼韶光。

鹧鸪天·夜雨待信

2014-04-26

夜雨玲珑惊梦初，流明还是旧残烛。牡丹徒解伤心意，芍药空含春泪珠。

青瓷枕，碧纱橱，何时一语辟寒无？滴滴点点偏难寐，直把风声作雁书。

醉花阴

2014-06-08

前日愁云忽又起，一片飘零意。是风也潇潇。风也潇潇，人在飞声里。

漂泊无处能安己，暗把光阴递。任雨满楼台。雨满楼台，谁共伤心泣？

西江月

2014-09-07

雾里流歌过往，江风不尽彷徨。小楼东月暗凝霜，湘水依依难忘。

一起舟波荡漾，远通无际天荒。秋心几许煞思量，夜漫橘洲模样。

苏幕遮·又别西昌

2014-10-26

散浓云，停细雨，山远依稀、默默连绵语。挥手炊烟遥逝去，碧叶悄黄、乱影成飞絮。

几回愁，难自蓄。每每别情、多少伤心旅。兴致来时悲莫取，好梦沉沉、总是秋窗绿。

菩萨蛮

2014-12-10

寒声漫漫风憔悴，月中停叶偏难寐。昏色掩阶前，枯枝生霭烟。

醉香不复有，却向残灯瘦。何处是归程？离心已杳冥。

苏幕遮

2015-01-01

树衔烟，衰草迹。天浅云薄、霭色沉沉里。冷面寒风无尽意。斜照残阳，当是伤情绪。

月依稀，新酒曲。一念前时、多少欢无计。乍醒平生如梦旅。柳下谁折？又谁共烟波去！

苏幕遮

2015-10-05

暗风沉、清夜没，静月藏云，冷树阑灯火。欲雨不堪凄自落，蛩已消声，又有谁同过？

倚寒流、空寂寞，计了晨花，又恐摧残朵。乱理心思应是错，待醉梧桐，醒却烦尘锁。

菩萨蛮

2015-11-05

月下秋风知几许？梧桐叶影织寒雨。不晓却幽幽，谁添多少愁？

但怜风月里，默默无通语。云色或知情，何须向晚行？

行香子

2016-11-21

雨雪独眠，一任侵寒。笑风中、飞叶成烟。无非逆旅、何意拍栏！看晨云薄，午云卷，暮云残。

人归小舍，手种仍妍，轻霜不碍醉香酣。平林新月，惟莫盘桓。纵他几时愁，几时闷，几时欢！

苏幕遮

2017-01-04

月旁星，眼角痣，枝上飘零、垂泪滴滴逝。暮晚轻寒犹忆是，短巷烟深、一树桐花紫。

但徐行，知何止。且住闲愁，满苑说春事。过往流云今到此，风里残飞、点点皆相似。

摊破浣溪沙

2017-03-31

倦里难眠欲遣怀，曾思垂绿小楼台。遥念泡桐花下影，或犹开。

去矣梦中风与月，忽然一并入愁来。无处与心同细雨，且徘徊。

石州慢·游白浪河

2017-04-16

解却烦愁，漫踏浪洲，红院春色。连廊蜂翅叠鸣，懒倚紫藤花叶。流连汀水，更兼垂柳斜晖，迷离烟里依春榭。一片晚阳中，个些伤心月。

林谢，闲风摇梦，飘瓣飞白，一身沐雪。点点斑斑，似泪滴滴零落。犹怀短巷，欲问街口桐花，无情万物皆沉默。坪上草青青，忘云悄游过。

散文二十篇

愁雨

2012-06-13

两把伞，三个人。

在凄凉的风雨里，三个人，谈笑自若，手舞足蹈，看起来是丝毫不在乎这绵绵的雨，也似不曾听见那娇小的雨滴拍打着伞。

可伞又有什么用呢？风，把那轻飘飘的雨，吹得沾衣欲湿，倒不如放下这伞，让清雨洗去我这一身的污浊吧。

强颜欢笑，和他们漫步在淅淅沥沥的雨里，看着那一串串珠，摔得粉碎，却只听得三个人嬉笑。终于，我们停在了道旁，看着雨越发大了。我们撑着伞，都望着这雨，两人东张西望，惟我痴痴。

“若夫淫雨霏霏，连月不开……”他忽然说道。

我不禁说了下去:“阴风怒号，浊浪排空……”

“登斯楼也，则有去国怀乡，忧谗畏讥，满目萧然，感极而悲者矣。”我们一同说，却丝毫合不上。

这眼前的雨啊！一丝丝，一丝丝，仿佛从天而降的纸蜻蜓，却又只是空空如也，哪像传说中那样美好，还书写着“万物有情心有爱”之类，只是落下罢了；却又是那么急匆匆，丝毫不肯多停留一会儿，何尝不是视我无物呢？

轻烟袅袅，缓缓从这里升起。望着雨中的车水马龙，高楼大厦，他们笑着，我也笑着。

但，如果我的知己，和我在一起，就我们二人，呆望着，又岂会笑呢？他知我，我知他，都是满怀愁绪，如这藕断丝连的雨，不绝的愁。而他早已不在了，归去一片迷雾中了，只剩下我孤身一人了。

呵！

变

2012-12-05

冬日里，北风凛冽，偶然一次出门，又回到了别离了四年的餐厅。

当我细细地品尝那热喷喷的家乡的米粉，不禁欲落泪。四年前，我们一大家曾在这里聚会。我记得那时的灯光格外明亮，照亮了每个人的心，让每个人都忘却了忧愁。大家欢声笑语，听着外面噼里啪啦的鞭炮声——那是春节。当时我们每个人都有一碗米粉，洁白而有味的米粉，仿佛是天上蟠桃会一般。外婆外公作为年长者，我们敬他们，他们爱我们。这里就是我们的家。

如今，却是“古人无复洛城东”了。依旧是洁白而有味的米粉，却只有我孤零零一个人。忽然，听到服务员用纯正的普通话上菜，一语惊醒了我：这不是我的家啊。但家人的身影在我脑海中已久久不散。想起今年暑假，我在外婆家住了一个月，随着我的离去，她说，房子空了，真的空了。

我想哭，但我不能哭，这里不只有我一个人，所以我只好囫囵吞枣般把发酸的米粉咽了下去。

我能感觉得到，我的眼里充满了伤感。几年前，我每次在晚上学完围棋，无论春夏秋冬，都要来到这湖南餐馆。因为我听不太懂湖南话，所以每次服务员上菜，我难免在脑中打问号。但在这里吃了一年多，也就习以为常了，甚至把这里当作家一般。

此时此刻，看到未变的餐厅布置，我越发伤叹。桌椅依旧，每张桌上都还铺着那沾满了油的橡胶布；但是，那些日子，这里顾客纷至，而今却只坐着几个和我一样孤单的人。灯光依旧昏黄，仍然挂着红色的方灯笼；但那些满面油光的服务员却不再穿着制服，反而越发随便了，也不再是十几个年轻人，似乎只剩两三个满面皱纹的中年人了。厨房里的火依旧烧得正旺，火光依旧透过玻璃窗；而厨师更瘦了，人也少了。我不禁想起来，很久以前，曾在这里遇见过蟑螂，但是现在连蟑螂都见不到了——不是说蟑螂的繁殖力很强吗……

我的眼里一定露出了泪光，只好将那让我这个口重的人都觉得发咸的汤一饮而尽。

当我走出餐馆，不觉抬起了头，看了看那被浮云笼罩的月。虽然遮蔽了月的仅仅是浮云，不一会儿，云也就散了。但“今人不见古时月，今月曾经照古人”，物是人非的变，又怎会像浮云般易散？

回家的路上，我路过了儿时的玩处。晚风吹去了落叶，苍然的树木依旧；昏暗的灯光依然，儿时的玩伴却不在，有的还是一张铺着破旧的凉席的床，一个冰凉的石桌，一面布满尘土的镜子，仿佛架着的废墟一般，隐隐约约有些儿童的影子吧。

我再也忍不住泪了，可寒风让泪永远也落不下，永远地凝结在了脸庞。

人世间，最让人伤感的，不是物消人亡，而是物是人非的变。因为物消人亡时，你总有一天会忘记；但物是人非的变，却总有那物，让你剪不断情丝……

落花

2014-04-14

我没有想到，在这样的日子里，我还是看到了几瓣落花。

也不知是什么时候飞下来的，只是浅紫色零星躺着，并没有铺满地，道路没有披上那样的衣衫。似乎也没有风，倒不是吹来的，那又来自哪里呢？匆匆抬头，只是忽然的绿叶遮蔽天空。上下学的路上，也只有一棵树还隐隐有些浅紫色，又和这花儿有些不同。今天，那棵树的枝头压得格外低，花儿一簇簇绣在上面，好像正能抚着我的脸，离人很近很近。一路上剩下的，都是这样绿了吧——几周前，一点预兆都没有的绿，就像这地上的花儿，一点预兆也没有，只零星地躺着。

我的到来也没有预兆，我也一样匆匆离开去上学。

花悼

2014-04-20

前些日子，我注意到了这样的一棵树。那时，她的紫色的花缀满了枝头，静静地盛开在路旁。不得不说，她很漂亮，给单调的绿林——当然，在城市里，那也算不上绿林子——点上了清新而独特的浅紫色。

可没有多久，在那天去云蒙山的早上，她开始零落了。也不知是不是天嫉妒了，暗地里放纵了那早晨的风雨。雨水浸湿了花，直把她浸得无骨，又被风一吹，水滴一打，便簌簌落下来。花瓣也鼓不起来，只能懒懒地躺在地上，皱皱巴巴，任人踩过去，就像浸湿透了的薄纸，轻轻一捻，就被蹂躏地粉碎。可谁也不会在意她的，路人都匆匆走过，捻得花儿越来越小，越来越碎，直变成泥土——待太阳一出，地面一干，就成一粒尘，一缕烟，散去了。人们就像是时间的另一个化身，根本不会理睬一切的。这一切就像我预料到的，春天，来得也快，去得也快，流时等不及走过。我害怕，我们的生命，是不是也和她一样可怜啊？我的一切，记忆与情感，是不是也是这样终将淡去？我总是不希望这样的。拥有这些，我还是快乐的。

可她的一生已经极尽美好了：平凡就是最美好的一种吧。我也只能这样安慰自己。她的花儿安安静静地开着，汽车的尾气，喧闹的人流，对她来说，什么也不是。她或许知道，这就是必然，可那又怎么样呢？她的生命，只需要静静开着就好。晓旭就是这样说的："自在花儿静静开。"这场风雨也是命运罢了，对她来说，又何必强求呢？既然到了最后，就"秋叶之静美"吧！可是，在我看来，在外人看来，却是可怜与无奈。不是因为她没有追求更好，这样简单平淡的生活所有人都喜欢，只是，只是一种莫名。

这样的中午

2014-04-28

叶子早就成了，一大片一大片簇在一起，在窗外的风里招摇，随意反射着白色的阳光，晃得人头疼。

一切就这样发生着，挡也挡不住，谁也不能让时间退回去——更何况退回去还要重新经历一次。拿起书走开，就什么也见不到。“张爱玲”三个大字和树叶反射来的白光一样，却又是那样昏暗，就像她的童年似的。倚着窗户，继续读吧，书页一下子成了铁做的，怎么也翻不开，冷冷地和米黄色的封面格格不入。心里烦得很。

于是把书放回去，找人说说话吧。很高兴，小董正巧叫我。但是昂也来了，就没我什么份了，也只好知趣地走开。小雯问了道题，也就和他们一起说了。盛平从来都这样认真，好像欠点人情味儿似的，死死地复习着，谁也不理，只偶尔转个头问小雯一些知识点。瑶瑶的微笑总还是温馨的，可我也只有“嗨”一下的机会，原来前后桌讲题的日子不复存在了。李豆治学严谨得很，容不得一点漏洞，固然还是有趣的人，总是失色许多。他正和子俊聊着化学呢。自从学校搬了过来，便和他们也渐渐远了。刘子骁更不必想，整日说些负能量，这时更不能找他。只好呆呆地坐下来，翻看着致尊的笔记——实则什么也没看，只是这样就不会看到别的。笔记很认真，很干净，她是一个好孩子。但她和致丽回班了，我也就没得可翻看的了。忽然想起常宇轩来，他到底也曾知道我的心事，东张西望地找，什么也没找到。晃晃悠悠地走到叶川桌前，双手撑着桌子，他看了我一眼，笑了笑，我也知足了吧。他是要做大事的人，他不应该这时候休闲，我也不应该打扰他。凯文和我在去云南的时候关系进展起来，现在他也在旁边。可是我落寞得很，他却是高兴的人。随意溜达着，小吕叫了我一声，我也应和一下。就是这样。

忽然想起今早上刚进班，也不管是谁，只挨个问好，那时我很轻松，很高兴。但这个中午就不一样了，什么都压在心里，难受得很，更甚于强咽下去一壶开水吧；可开水终究还是太清淡了，没那味道。最终也只好找个地方坐下来发呆，无奈地接受眼前的一切。

这样的中午，在哪里都不舒服。没有一个人是可说的。连窗外的绿都是闷闷的，闷得让人窒息，却还要装作冷静。

雨季

2014-05-01

雷突然响了，把我从慵懒的睡梦里惊起来。遥看窗外昏昏的，可想云已是多么蔽日，空气里好像满是尘埃。走上阳台去看，一下子闪一道白光，好像是电脑切屏，猝不及防地跳一下；又仿佛是《惊愕》里突然窜起来的音符。但是又很清新，雨还没下起，清风从纱窗的密密麻麻的小孔里钻进来，清得就像它吹起的风铃的动听歌声。这种清是可以传染的，我就和那风铃一样，让风随意扑到身上，刚睡醒的沉沉气息就被中和下去。很久没有这样的感受，只让风吹进屋子来吧！打开阳台的门，让风吹进来，吹进屋来！屋里的沉闷也被剔除掉。

雷还时不时响起来，雨在这时也倾泻下来了。雨虽然大，却也让空气里掺入一丝透明的浅蓝色，比初时的昏暗多了一丝的澄亮，也许是因为它本就是晶莹的露，也许是它打破了看不见的一层云障。一批批的雨落下来，是最密的流星，拖着尾巴，打到地上，打到水洼里，激起大地的数不清的梦。那些梦蕴含在溅起来的水花里，都喧嚷着唱着歌，分不清彼此，倒像是呐喊了，是大地最大声的呼唤——她和天自从盘古以后，很久没说过话了，那真是一个美丽的爱情故事。原来雨啊，是天送给大地的礼物，恰被我们见证了。雷声啊，雨声啊，那是天和地的相互思念。

就不要听着他们的悄悄话了，还是静静享受着这钻进来的清风吧；这样的日子来了，每天带着伞的日子来了，谁知道雨什么时候下呢，就像你也不知道他什么时候发来一条消息一样。在春后，万物的爱情后，将是最伟大的天地的爱情的时候了吧？

小忆我的老师

2014-05-13

放学路上，忽然聊起小学来。有这样一位老师，我没怎么打过交道，只是静静地注视着走过了四年，留下了零星几个经典的印象，却总是那样可爱而令人敬仰。孔哥比我更能说康老师，他们原来住在一个楼。

三年级开始学科学课，康老师就这样简简单单地人场了。四年来他总有一个习惯，就是常带一把桃木梳子，好像迎着清风梳梳头，神仙自在般。他说这样不仅对头发好，上课思路也清晰。

他也算是严厉的老师。后来有一次课，他叫同学起立回答问题，不好好站着，便教训一番，连同全班做了一次礼仪教育。可他又很可爱地在讲台后摆出各种各样的懒散样子，道："你们看，即使你们看不见我的脚，也照样觉得这姿势不礼貌。"后来有个同学趁他转身擦黑板，就趁着捣鬼。康老师出人意料地猛一转头，衬着湿漉漉的光亮的黑板，又教训起猝不及防的同学来。“你这样儿的我见多了，”好像这是老师的口头禅，“黑板反光，我全看在眼里。”台下就一片惊呆，原以为是什么超能力，总没想到黑板还有这功用。像这样看重德育，果然他又兼成为了我们的思想品德课的教师。说是思想品德，实际是许多看似不相干的事儿。有一次我做课前演讲，讲京剧。课后他就把我叫出来，语气很严肃，不知道将冒出什么火花来。他说：“你刚才讲的没一句废话，很难得。”又滔滔不绝地说起来，早已记不清，好像是希望我加入那时的什么社团似的，可我最终也没去。他真是认真。有一次讲动物的行走方式，他还有模有样地模仿起来。

他却又很有情趣。在小学里，他的软笔书法真是一绝。在办公室的门上，贴着一张大大的繁体“学”字，那是极方正的楷书。每次经过那里，总是被抓住眼球。他还吹笛子，课上也偶尔露露绝活，即兴吹个一曲，校园里就满是美妙的清风了。在我的印象里，他似乎还不止这一样乐器，仿佛还会二胡之类。他偶尔也到美术教室去和美术老师交流交流国画，似乎还做过些小木工。

他说他原来想当飞行员，可后来发觉视力不

行，又是如何如何，便当了老师。去年回去看，我很兴奋，那时也不管能不能学好，就是想去学文，对那有兴趣；他给我们一行回去的人讲，要学文，现代人缺乏文化素养，更要振兴中国的文化。除了我母亲的“皆准”，他是唯一一个支持我的人。

夜小记

2014-05-21

又是那一缕银河。月光洒下来，是繁星的影子。这样的夜里没有火光，只这一丝的柔和，不也充满了水晶般的梦幻吗？它们像是一条银丝织成的带子，像水一般澄澈，没有早上的尘俗，独自一人静静享受——这最纯真的愿想。这带子就映在身上，到晚上才发现，月光下，原来我们还有这么多希望；虽然这些梦不像太阳一样耀眼，也不雄壮，却是最朴实、最动人的色彩，就像我们对银河的幻想一样，充满了美好，静静地看着都是一种幸福。

雨

2014-05-24

天已是蒙蒙亮，隐晦的空气在窗外还睡着，看不到什么雨丝，只听见近处的雨打在窗沿的声音，好像是古代的战争，几万几万的兵就往城墙上冲，还有那遮天蔽日的弓箭。塑料被撕碎时的声音把人从睡梦里惊醒，虽然不舒服，却是夏日里传来的难得凉气。忽然雨就更大了，击打声一下子更加密密麻麻，若是直打在身上，恐怕又是一番坐久了脚底被针扎似的感觉。可现在雨水在窗外，任它下吧，钻出被窝，浸浸凉气也是一种舒服。一会儿它又没那么大了，听起来稀稀落落些，可还是有隐约的连绵不绝的背景。竟有几只鸟斜插过去，不知哪里的啼声传过来，清脆得像早上阳光下绿色的小林，也不知它们在欢乐些什么，也许和我一样喜欢这凉爽吧。

另一种悲哀

2014-10-04

天凉了。

自古“梧桐一叶而天下知秋”，无论是“遍插茱萸少一人”的乡愁，还是“无边落木萧萧下”的天下之忧，流在我们血液里的，就是这种逢秋的苍凉。在这样的季节里，看什么都带着一种沧桑，仿佛已经经历了许多似的，不再仅仅因琐碎的劳累与失败而痛心，却把思绪放到更广阔的生命里来，换得另一种更无涯的悲哀。

“从前，一旦有了委屈，茶饭不思，油盐不进；现在，有了委屈，再苦再难，噙着泪水，给自己下碗面，再来个荷包蛋。”我们谓之坚强，却不知会不会成为一种麻木，而且是强忍着麻木下去；也许有一天，泪水也就没有了，仿佛我们失去了什么。一段话就把我打入深深的悲哀中去。

他说他成长了，原来成长竟是这样一种

悲哀。

于是在秋日清景里，一切都染上了沉重的颜色——那是我们成长后的样子吗？母亲买面包都在计算着，街边的小摊摊主站在寒风里；各样的汽车在路上疾驰，无暇顾及周围的一切；带着小孩的行人在斑马线上小跑过去。当我们在回家的路上，载满水果的三轮车踉踉跄跄地骑过去，不经意间掉下了一个轱辘。它沿着倾斜的道路滚下去，自己也拿不定主意，转了许多圈倒在了路边，骑车的中年妇女才颠颠地追上。仔细想那些未来的事，就如同黑云压阵，谁也不知道什么时候就兵临城下了，“像《斯巴达克斯》里奴隶起义的叛军在晨雾中遥望罗马大军摆阵，所有的战争片中最恐怖的一幕，因为完全是等待”。到了那个时候，生活的压力将压在一群幼稚的孩童身上，上哪里去寻儿时的伙伴，又到哪里去寻儿时的无邪与纯真？我们当然会留着美好的赤子之心，只是恐惧它会被生活深深埋藏，很多事情变得仅仅为了活着。

成长竟成了一种悲哀。

“人之所以悲哀，是因为我们留不住岁月，更无法不承认，青春，有一日是要这么自然地消失过去。”它不同于因大考失利而痛心疾首，也不同于错过良机而后悔莫及；成长让人不得不丢弃已得的美好，它是如此简单地在每一刻上演，却没有人可以躲过。

幸而在这样悲哀的成长里，我还是听到了她与其他小贩的笑谈；我们始终有回忆，有思念，有希望；只要这是永不消逝的，别的也就没那么重要了。

寒风的清唱

2014-12-19

没有人会记得冬天。

风吹了一年，一直吹到渺渺的天涯里去。终于，树上的叶也动了心，随它脱出去，许久在风的宽广的怀抱里；风把它轻轻地放下，于是另一片继续着灵魂。记忆也是在这样的风里脱出去的，向着淡淡蓝的薄天——也只有在冬日里才如此一望无尘——敞开了心去远眺。最是能见到早上红紫的云，全然如同另一个清亮的世界，也许是种满了桃花，又也许是初醒的美人的脸颊，染开了一层胭脂似的红晕。

在疏枝底下走过，风唱过耳畔，冷，却好像是轻声细语，飘来冰一样的淡淡的香。时而寒声的响动大一些，好像是从山上飞过的健鸟，于是脸上好像起了一层白霜。一切都吹白了。呼出的气曲曲冒出来，在凉彻了的空气里松开，一霎化入风里去，也不知道将会温暖了谁的唇。清肃的空气里听不到别的什么，听不到星星闪烁似的声音，也听不见车辆的疾驶。时间也在冬风里凝结了，没有什么人能注意到树枝上仅剩的残叶，它如同悬着的铃儿，在风里摇曳，好像夜里最后的一点烛火，随时就要吹灭了。

我喜欢这样的寒冷。它是这样的安静，从来不吵着要人注意。它褪去了春色，褪去了缤纷，只笼上一层朴素的白衫。在变幻的日子里，只有它从来淡淡地看着，天显得格外的大。

轻轻地，夜晚来了。幽幽的小巷，昏黄的灯光从最深处透出来，是回家的温暖。这样的冬日啊，寒冷极了，却是最宁静的时候。凝成的冷气平静了心绪，也越发衬出小巷里的安心的情氛。小车时而“叮叮”骑过去，如同是夜的清唱，好像是归家人心底的碎念——可是也不会念什么。心里就像在冬日里静静睡着的月，只看着树下的幽影，慢慢向家去。

这时还有些小风，戏谑似的飘过脸。它悄悄又推了推地上枯叶，好像都能听见笑声。它又转个向，向悠远的巷子里去了。天空是深深的颜色，也有时微微地发红。一眼望出去，在澄清的空气里，好像能看到渺渺的星河。在这里散漫地走着，任它怎么吹吧，竟只是觉得微微凉透。

回忆

2015-03-12

我倾慕，我感动，我惋惜，我郁闷，我伤心，我痛苦，我迸出眼泪来。

我久远的记忆中，从来没有一个人让我有如此复杂的心情。我这样说过，我是不大喜欢繁务，也的确不喜欢我的身边的人不得不去做一些繁务。然而这天一早，作为副班长，作为一个要负责的人，她走到窗前，手举得高高的，极平静地拉开窗子，让那初春的空气透进来。这本不是她平常做的。我的心仿佛一下子颤动，她是如此的女孩，我喜爱而又可怜、心疼。

她其实并不觉得自己是可怜的，她也着实不需要被可怜。她和许多人一样，也有繁忙的学习，也要花去许多青春去课外班，那可是连续年年的日子。我问她会不会累，她同我说，这样的生活，就是她的生活，平凡而真实。

原来如此平淡。可在我的记忆中，美好永远

点缀在这里。我记得初一时，白而薄的冬天的空气里，还有麟，似还有影和嘉。初一时的无忌让我至今怀念。我们在一起打闹，她们一起抓我。我闪避着，她在我身后，就那样，虽然是在游戏里，一下把我抱住。我仍记得那笑声。可这样的幸福永远是短暂的。

后来，在时间的吹拂里，年少的我自以为喜欢她，那些不成诗的诗，一次次发给她，藏着我内心的字。她是不知道吗？我到现在都不知道，只知道那些日子，她仿佛并没有避讳过什么。当我成了团宣委，有一次合作，她把笔落在了我的后桌，直到现在我还留着，也不知道还能不能写出字来。

初中那些久远的故事啊，那真是快乐的日子。我仍记得那天晚上，为了长跑比赛训练到很晚，在操场角落的白灯下，像月光一样的灯光下，我们仍在玩耍。说真的，那是我第一个撞疼的人。她俯下身子，捂着胸口，现在想起来，我真的很心疼。我焦虑地向她道歉，她却并没有责怪。

我和她聊过许多。她曾经问我教她魔方，后来我却也没了下文。她同我讲好想打篮球，也记不清后来如何。那时候我还弄过一个班级论坛呢，虽然也的确没有下文，但她确是第一个来帮我的。当然，那个时候，也是她和我，在一些小游戏上互相较劲，也没了后文。

那个时候，我们一起跑步，她是追不上我的。于是就这么远了。

在我逐渐熟识了俊和康那些人的时候，她就这样远了。

那基本是我们在初中的最后一次聊天，是在寒假，我认识了我的表姐，美术系。我问她，我该怎么和表姐聊天，我说我觉得她们很像。她问我：“你觉得我是怎么样的人啊？”那时我着实评价不出来，连忙躲开这个问题；现在，也许我真的不知道吧，伤心涌上我的心头。

实则的最后一次，我也记不清其缘由了，仿佛是昂要我传些东西，又不知怎的和她又有了关系。我戏谑似的和她开了初中最后一个玩笑。

终于，一切来到了高中，更多的风雨，也是更多的春色。

九月的季节，我又一次被她打动。还是那样美好的笑容。我怎么也想不到，那笑容，她的笑容多少次让我解却心结。

我毫不犹豫地在她的生日送了一篇赋，和以前的不成诗的诗已经有许多不同。她的鼻下角那时有些红，是上火了。我一直觉得她是完美无瑕的，那次这样近地看，可又怎么会妨碍呢。这样的故事很多了。

全班去云南。我们在热带雨林外采红豆。回到车上，我纠结许久后问她采了多少，她只是淡淡说："不知道。"那次我真的伤心极了，看着她的眼睛，一下那样的锐利。却如何也没有想到，第二天清晨，当她的笑容又一次出现，所有的伤心与痛就不见了。我到底也因为她没有去文科班。

我清清楚楚地记得，2月4日，凌晨，我终于没有忍耐住思恋，发短信给她说，我想她了。她回复了很长。我觉得真是糟糕。也的确糟糕，接下来那一个学期，几乎是天天了吧，他每天中午找她。那时我在读张爱玲，有一天我彻底读不下去了，写出这样的句子："这样的中午，在哪里都不舒服。没有一个人是可说的。连窗外的绿都是闷闷的，闷得让人窒息，却还要装作冷静。"我从来不像这样在众人眼前写话。我唯一坚持的，让我坚信的，却是她给我回复的那许多话。

我相信。

后来我们又去云蒙山，早上下起雨来，我给她发条消息出去。她那样的语气回复了，如此欢乐，又如此可爱。到现在，终于一切好了许多，她还是那样。今年寒假时我在长沙第一次无聊给她打电话，她刚刚从睡梦里起来，尚能感觉到被窝的温暖。我们在麦当劳面对面，商量等雯到了出去玩；又因为王剑，莫名其妙地在一起办了些许事；好像一切终于又回到了过去。实则并不如此简单。

去年六一儿童节的时候，我倒是强送出礼物去了。但我又没想到，让我比云南更伤心的，是在西昌。因为他去了。这些事许多人都知道。后来我终于有些动摇，那时候许多人都认定她和他是事实了。我问她。也是那一条短信里，我把我自己否定了。她告诉我，什么都没有，我也再没有因此伤心过。我也彻底把自己压抑起来。

因为我最感谢她的，是她从来没有和我彻底断绝开来。

每每想起，无论是在什么时候，从前尴尬的时刻，抑或是现在，见面时她还是笑的——就是让我忘却一切，忘却一切伤心，不论那伤心是因为什么的，那种笑。的确，在我的梦里，我梦见我们最青涩的牵手，我也希望那拥抱，事实上，她的笑就足够了，也时时刻刻存在着。

我不知道我还能有多久认识她，她离开的一个中午，我不知道她去哪里，也是不安的。但她是不会丢的，她是有一个世界的。她有她的欢笑，爱心，还有我最爱的平凡。

我一直以为，我最欣赏的是善良，到了她身上，我才发觉，我更爱她的平凡。就和之前所说的一样，最常常看到她在教室窗下，明媚的阳光下，窗外是绿叶，她在安静地学习。每每这个场景，我就想起卞之琳的《断章》来，“你站在桥上看风景，看风景的人在楼上看你”。这时候，她就已经化进去了。阳光在她脸庞生辉。她从不抱怨这样的繁忙。她不怕，平实地接受这一切。我便不喜吧，她还是安静地打开了窗子。她让我感动而怜爱。

还记得她轻轻地浇水，花儿又是如何的温暖。这样的温暖和花儿一样，是小小的，仿佛是山雾的碎碎的气息。这些小小的平淡的故事，也是她的故事。

她

2015-03-13

阳光勾勒的剪影，
云色温柔地飘扬。
冬天的雪满天，
秋叶扶在地上。

风吹起的发丝，
浮起的微黄；
夕阳下的清铃，
轻轻地歌唱。

——序

下午的阳光从窗子里打进来，她玲珑的面庞留下一道剪影，浮起的发丝散出微黄的色彩来。这一切如此恬静而安宁，好像江水悠悠地流着，没有什么波澜，轻轻地流向极天际去，可那远没有这样的温暖；又如同是蜡烛静静地映着整个房间，时而跳动着，让人感到安稳与踏实。

这时，她一定不会惊于身边的风吹草动，任春花在斜阳下绽放，溢出和阳光一样的香气来。书写是淡淡的声响，认真又实在。有时把心从淡淡的书写里取出，细心地去体味，纸上还有微微的墨香。衣服上暖暖的，细腻得能感受到阳光的轻触——阳光是最喜欢她的。无心走到窗旁，看看窗外的小景色，风便亲昵地吻上美丽的脸颊；均匀的呼吸，是在和最平和的天空说话。

最忍不住想去拥抱，也最不忍心打扰。她在最忙碌的日子里微笑，她是如此的人儿。时间也为她停止了，凝结成水滴；我的眼神里，又珍惜又怜爱。希望这平凡的世界啊，总留下她的一方。

杨树花小记

2015-03-19

又是初春季节，杨树又一次挂满了花。

儿时每每有杨树花落到肩膀上，抑或是脚前，总以为是毛毛虫，颇吓个胆颤，方今才知道是个比喻，也便渐渐不惧怕了。反而，取而代之的是一种和它的颜色一样朴素的气息，仿佛是来自一局最古朴的棋局，隐藏在山野里的人煮茶袅起的烟香。

这时风吹过来，它们就离了家，像是竹蜻蜓似的飞散到空中，可也没多远，在蓝天的衬着下，一大片，就又如雨丝一样落下来，落在地上。它们倒是失败了，终于也没有飞到天边去，场景却是别样动人而温馨。

春的早晨

2015-04-01

清晨并不澄澈，阴阴的，小巷子是画在古老而微黄的画卷上的。风吹着有些凉，却很舒适，怡然又是在洞庭湖畔的情景。这时还并没有什么人影，早点铺蒸出白烟，婀娜婉转地化到空气里了。老人早起，在社区医院门口排队，各自唠起来。倒是有像我一样早起的其他小人物，匆匆追逐着时间，又或要慢慢走，以便恰好遇到什么人。这时已经有落下来的碎叶了，可一眼望去，幼儿园外的树还没长丰满呢。保安站在门口。这时爷爷送孙子来了，保安很有些趣味，和他们说说话，这样的亲切让我都微笑起来。

穿过居民区出去，终于走到了大街上，刹然间路旁的丛丛小叶们就绿了。虽然刚刚浸过薄雨，却更有一种清新发散出来，竟能闻到泥土的味道。它不像桂花那样甜，非要等你从旁边走过去，才追上你来；这是很安稳、很怡然的味道，丝毫也不紧张。在晦涩的空气里，它也更宁静。这气氛好像是个薄薄的膜，触弹可破似的；然而这时也还没有太多车，不至于破坏掉这气氛。

渐渐地，这个城市苏醒起来。学生们都陆续来上学了，车也匆忙地在马路上转弯。有人来旅游，强睁开睡眼跟着旅行团，或是要去天坛看一看。待我要过马路的时候，那棵泡桐还古老而悠然地看着；往东望一望，阳光就打在脸上了，又有时真是一轮红日，云彩沿着红光铺开，真是辽远极了，向往极了。偶尔能碰上同学，在最清早送上第一个问候，那都是最温暖的事了。路旁的面包店的香气就是在这时飘过来，勾起我的白日梦。

夜归小记

2015-09-25

回家的路上，仍经过这条小路。昏黄的巷火从树叶间照过来，如同森林夜晚的幽光，有月色，有隐约的星辰。树叶极安静地睡着，却又睡不踏实，微微地风里轻颤。风是清冷的，不暖和，也不刺骨，好像是从无人烟的冰原上吹过来的，还带着远方的寂寞。这时候忽然有人路过，说一声拜拜，便是一下绽开的冰花。孤独的人喜欢这样感人的情话。

路口

2016-03-17

我决定记下这个路口来。

当我看到那个熟悉的身影走到路旁，等着绿灯，我注视了好久。她后来就那样快步走过去，好像是下起了朦胧的小雨，点点滴滴，又好像是有一片云移了开去，飘到遥远的看不见的地方。城市还没有从冬天的萧索里完全走出来，这场面让我感到熟悉又陌生，像雪一样触到我的心上，染开一朵白色的花。我在这里走了近千个日子，从没有见过这么美的风景。

谁知道我还有没有机会有这样的目送啊，她就悄悄地躲进了对面的楼群里。我已经这么久没有被触动了，久违的忧伤又登上我的心头。我也无话，登上车去。

回忆

2016-05-14

你还记得过去的故事吗？

在静静的月光下，我多么想听到那一缕歌声，好像天空中的云儿似的，悄悄飘着，飘着，就把我带回过去了。兴许是这弯弯的月光，然而我却并没有宝盒。

我仿佛已记不清过去的夕照寺了。很久很久以前，在那时间的荒野的最遥远的地方，它还是灰墙的。我记得，我曾在这里上幼儿园，就在我现在所住之下。如今，连这栋楼都走过十二年了。更何况，那区区一二年，只留下了在灰蒙蒙的天空下，灰蒙蒙的幼儿园里，灰蒙蒙的我，灰蒙蒙的皮球。我记得我家是在极昏黄的灯光下的，还有一间屋子，我和表哥在那里组装着四驱车。另一间住着爷爷奶奶，那时还有一只白绒绒的猫呢。

后来拆迁，我们暂时搬到火桥北里，就是龙

潭湖那里。我还记得那屋里的样子呢。我在那里用上了电脑，那还是很老式的台式机呢。那时喜爱的是哪吒，生日里就拿到了一整套碟，那都是莫大的欢喜。爷爷去到了大红门的一间小屋子里，我常常过去，和奶奶去一个小超市里买旺仔。从那时起，我爷爷每天接我从幼儿园回家。

小学来了，我就搬到了这里，爷爷也搬了过来。小学的六年啊，更让我如何说！我同那些少时好友的关系从浓到淡，现在已成过客，又经历了那样多的故事啊，如同一片又一片的雾似的，消退在我的记忆里了。唯一不变的就是，爸爸每天早上的自行车和放学后爷爷的三轮。我在那辆三轮上度过了那样久的日子，吃遍了那条小路上的小吃。当时我们就在树荫下回家。回家，回家啊！谁又能想到呢，六年之后，又是六年，我再也没机会乘那三轮了。

在刚上初中之后，爷爷就出了车祸。他出人意料地撑了下来，当时所有人都认为脑部的出血止不住了的。只是他失忆了。我们带他去做康复，好几年，这又是好几年，一下就过去了！我就到了高中。他本已很好了，怎么又中风了呢！这一年来，他又一次失去了行动的能力。这六年来，大大一直照顾我，他也是那样不顺的。在我出生之前他就离婚了。他有小儿麻痹，精神一直有隐患。他也是这几年复发了的，也难怪，我爷爷这么大的创伤！这一年来，他已经三次了，夜里出家不归，去派出所，那里记载着他怎样的记忆啊，我到现在也不知道。这一次，他那样虚弱，在夜里受了寒，肺炎。他为了克制，吃药过了量，中毒，病危通知书就在前几周下来！这就是所谓的戏剧性吗?！我嘴里从来不说感恩，也不提担心，没有人希望我担心，可是我却悄悄流泪、暗暗流泪、偷偷流泪！

所以我如此害怕，害怕了一切的离别。我不知道，多久以后的我，在多久以后，又如何为此时泪下啊！那漫漫的黄沙，把过去埋得越深，我就越想奋力地扒！每一次，都再受一次伤啊……

某一次的小记

2016-11-06

不知不觉之间，又到了冬季了。树叶还没落尽，但是也铺满地了。那天坐在树下，看到它们簌簌地被吹落，忽地想起去年春天，杨树花遮天蔽日地吹起来的时候。没错啊，也还是那种“隐藏在山野里的人煮茶袅起的烟香”。它也仿佛我最爱的，称作“雨后泥香”的味道。

礼堂前的草果然青青。不知道深冬时，它还是否如此呢？如果要枯黄一阵子，那就索性枯黄了吧。那也是很别致的了，我向来也喜欢那种萧瑟，忍受冷风的剽掠。人事多要经历这样的，坚忍过才懂得深沉，受过寒冷才能蕴含着更浑厚的力量，也只有一无所有的时候才能看得很远。这也便是寂寞所带来的，所以也不怕寂寞。

冬天与淡然

2016-11-12

冬天越来越凉，也不知道穿多少衣服合适；贪薄，就总要忍一忍，颤抖着去上课。尤其是在早上，冰冷的空气都冻结了，人刚一出门，它们却又飞虫似的黏上脸来，躲也躲不过。手插在衣兜里，也觉得凉；搓一搓，哈口气，一缕白烟就散了，也不留下什么。

中午多用来写作业，这样周四之后就没什么作业了，大可尽情地生活，仿佛听课都是随意的了，也都饶有兴致。而这几周来，都趁着周四下午没课，跑到高中同学处，纵然考试了也不例外。尤其见她的那次，忽然地周四就不可以了；而后就得到消息，下午的课停了，于是兴冲冲地跑去清华；出地铁的时候，差点连方向都走反了。

几年前去过清华，也连同北大一起去的。那时候也是冬天，只不过是快入春了。依稀记得，冬天在清华和北大都是荒芜的。过去最为迷恋的地方，是北大文学系的门口，紫藤萝垂下来；那个冬天是什么也没有的，倒是未名湖格外沧桑却淡泊。而清华，尤其记得她的教学楼，冬日里也觉安稳朴实，却和北大不同。

如今又到这里，又是近乎冬天，只觉更加清冷寂寞。

我就站在路边等她来。我想她应该是骑着车呢，所以没接电话。

哦，她在西门外等着呢，我却已经先进来了。

那身影真熟悉，那件雪白的羽绒服好像还是去年新买的呢，尤其适合她比我还高一点的身高，与她的气质更贴切。冬天里的面容也更白，却又不失健康和活力，在阳光下细微的光影，更显出她精致的眉眼来。

而我们只是走一段路，吃一次饭，一个小时后她就要去上课了。那时，我过了马路转身看她回去，却也感到些微快乐。她在清华也应当是很开心的。可之后我却又莫名地担忧起来，没什么办法。

而冯呢，怎么又在人大里水深火热呢，若是当初他和我一起来国科大多好，也不必为过多的活动所折磨，对他还是单纯的学习好得多。

而在这里，依然可以保持着自己的心情，从不有长久的大喜大悲；偶尔面对的郁闷和辛酸，也一如既往地最终化解。只是到现在，仿佛连同一些本真的欢乐也丧失了——那时候，她说的，学校里打个招呼都高兴得如沐春风；到现在，重要的见不到，见到的又不重要，这样的难题又怎么求解。

賦五篇

泸沽赋

2013-07-28

泸沽之美动吾心久矣。癸巳夏日，处丽江而欲泸沽，不料连日霏霏，路绝。吾不知见机之所遇，亦不知其美之终日，哀哉！

群山之北，大江之东。路坎坷兮越水，道险危兮绕峰。阻翠湖之岛屿，隐亮海之芙蓉。梨乡易晓，桃源难通。

其臻美也，夜浮银辉，晨耀金光。微风抚兮涟漪，细雨敲乎琳琅。平似秋镜，漾如冬香。星河灿烂兮凝露，云霞炫幻乎流芳。雀之欢游，鸥之乐翔。环山之龙舞，飞亭之凤扬。浓霭迷魅，薄雾苍茫。

幻彩之波，烁辉之澜。闻璧海之宁静，觉玉水之安闲。岸火摇曳，船光斑斓。细舟泛月，轻筏渡莲。幽来歌音，袅起茶烟。而或细雨微微，柔丝纤纤。水晶之幕，珍珠之帘。芰荷鱼戏，杨柳燕穿。蒹葭兮隔银丝，琵琶兮落玉盘。

横天之带，聚星之绶。落百丈之冰瀑，拂九天之水袖。洒万粒之夜光，铺六合之银釉。月照花前，星璨檐后。或则云飘长天，日悬远岫。隐约飞鹤，仿佛走兽。

善哉！吾将居于湖畔，接其魂，触其神。随湖之荡漾，逐天之氤氲。心宁兮知其甘，神安兮闻其馨。明澈乎山林，爰然兮烟云。

不料乱石崩塌，暴雨倾肆。吾久梦兮不可去，长思乎莫能至。念存兮寻常，路绝而咫尺。不晓其变速，难知其见日。可叹哉！此堪为最憾事矣！

梅赋

2013-08-09

癸巳年七月，余偶梦得枯梅。其初栽也，仪雅体闲，颜秀芳远；后竟骨嶙枝岣，色衰香尽，余竟未尝惜也。然今人大多所欲者，无过金银俗乐而已。故其可弃清雅，失贞善，不亦余之昔乎？则万梅之共运，无乃是乎？故甚哀之。遂作斯赋。其辞曰：

余秋残梦，碎花飞愁。飒飒之风吹叶，寂寞而人倚楼。看萧瑟之千里兮，觉寥寥之九州。泣衰草之失绿兮，下朱阁以弃忧。踱小径而欲舒兮，叹长天乎难收。试寻芳而凝泪兮，尽失语于湍流。

渐而有香婉转，四处氤氲。不知其源，惟闻其馨。释流芳以别格兮，吐凝香而独芬。不馥郁而爽情兮，去葳蕤而清心。固牡丹之艳媚兮，虽杜兰而不熏。冷如青莲之洗霜雪，幽若黛山之隐烟云。月流影于江渚，萤洒光于花林。玉笛怀思之咏，金铃随风之吟。顿如离厚土，别远滨，浮薄雾，登彩雯。飘然独立，扶摇不群。披雪裳而洒毛兮，戴玉饰以洁身。践紫霞而轻歌兮，倚桂殿之清音。

于是香长而闻殊，情悦乎寻源。转振翼之雕阁，缘映云之清湾。过卧虹之银桥，扶铺雪之玉栏。虽枯草于满途兮，终觉影乎馥园。穿梭疏枝，徙倚流甘。暗香婀娜，清芳回环。骨曲韧兮傲霜，枝繁分兮多延。花乱点以耀雪，朵满树而藐寒。自清雅以尊重，独秀色于阑珊。出污泥之芙蕖，显虹霓于雨烟。其神也，郁烈之粉黛；其质也，飞霜之娇颜。故有放翁之咏叹，无怪君复之妻贤。

俄而飞雪，忽焉来风。雪花交错，粉白相成。远而视之，若绣花之帕；近而察之，似结簇之星。其落英也，纷纷扬扬，飘飘盈盈。乱飞蝶而旋舞兮，烁神光之灭明。点粉翠而自由兮，着银珠之玲玲。忽有女隐约，朦朦胧胧。散飞花之天仙兮，洒斑驳之英灵。舞飘摇之洛女兮，蹈翩翩之惊鸿。折修美之俏枝兮，截凝香之雕虹。益娇俏之簪穿兮，补清淡而笛横。拈瑶花而轻闻兮，静如照江之月莹。举琼条而飘旋兮，宛若映水之柳婷。

继而日渐西落，月初东升。夜光冷俊，暗影平宁。翻飞花斜，重叠光倾。其芬芳也，啜桂醑而不足；其幽雅也，处菊田亦难成。独坐荫下之椅，撩拨影中之筝。流转之琴香，怡然兮落英。暗香迭起，尘心顿清。欣欣然兮流眄，飘飘然兮逸情。仙子之舞也，扬染红之轻褂兮，踏白雪而莺声。缀香雪之霓裳兮，亲肌肤之花冰。于是奇香吐露，冷芬满庭。

哀哉其命！痛哉其运！尔乃春红遍山，冬香独谢。自解语之一出兮，衰玉骨之顿挫。昔神秀之仙灵兮，终沉深于妒厄。立上阳之东方兮，绝温泉之边榭。凌寒冽而不折兮，区嫣姹于沟壑。虽秋愁之固去兮，哀独枝之先灭。耀万物之璀璨兮，无一瓣之澄澈。陈璧土而暗香兮，沧天水于默默。逝凄命以报春兮，竟乱葬于乡野。

于是佳人含泪，修袖掩泣。拾碎花于尘埃，伤遗红于庵寺。玉臂软扶腮粉，星眸轻凝枝细。沉思芳玉之瑰，低吟香雪之逸。合惺忪之柳眼，梦纯贞于水汜。叹疏影之纷乱，感暗香之流逝。余痛伤而醒梦，心共同而哀之。

老翁赋

2013-08-15

癸巳七月，余酣眠之时，有老翁托梦语其世，言其生灭。余心振荡，感叹其奇，遂作斯赋。其词曰：

万尘聚缩，一朝塌崩。刹那纷飞，忽焉纵横。贯六合以扩野，集烟云而成形。于是定宏图，造太空，规运作，构状型。银河诞而太阳出，太阳出而天地生。暖光满照，飞陨乱抨。携粉尘而烈烈，化神奇于冥冥。忽颤颤乎海底，渐微动于水中。尔乃出清波，离玄溟，知热火，晓流风。历千年而发达，经万世而安宁。

虽九州绚烂，而青天空蒙。日不见其湛蓝，夜惟悬乎月伶。有人有梦：偶仰首而见银河，将乘骑而入太清。众人曰："览星空乎或可，探穷极乎岂能？"于是哂笑而捧腹，不屑乎瞥睛。

是夜携书卷，挑烛灯，越激流，陵孤峰。伐林木而为材，堆柴薪以取明。仰长天而凄凄，叹浓云之朦胧。沾苔露而至曙，期星辰之在穹。孰料乘兴而来，受霜之凌。

尔乃不屈寒冽，持节毅毅。筑边悬之屋宇，列万代之书籍。晨则博览，夜则冒栗。一日独坐，三更不弃。终感动乎苍窿，驱阴黯于天际。命皓月乎澄澈，掀繁花之幂幂。故而调筝为和，咏歌以比。其歌概曰：

缀烁烁之金翠兮，犹佳人之丽影。

洒明珠之璀璨兮，镶玉盘之澄净。

清光婉转之间兮，余当对酒而独舞。

斟灵录以畅怀兮，不负百日之顾。

明灭于佳酯兮，拂依水之金柳。

纵林风飒而彻骨兮，余亦将飘飘其囿。

穿雨斜飞之凤翼兮，星辰荦荦而来。

高邀皇穹而至兮，余终归乎其怀。

于是奋发而习，不窥他物。春花百开千谢，窗植屡凋数暮。维不易之年，萧瑟之处，乘其舟而逝于穹庐。

尔乃六合灿烂，四方缥缈。五彩之夜光兮，七星之耀耀。披雕花之裘，戴鎏金之帽。敞弘膺而叹宇，望无边而长啸。忽焉静思，顿觉人小。乃暗思：既宇宙之不可量，则贫身之又何为？闻万物之初诞，盖造化之神奇；莫若承天之道，岂堪逆道之违？可怜朽身老矣，难避末年式微。不复振世之能，惟余哀去之期。

于是独逝浩瀚之中，绝命星辰之间。来乎微尘，去乎流烟。骨散飘荡，魄离翩翩。不知其去，惟晓其源。间不尽之秋，经亿万之年，其灰没在银带之蹁跹。乃复汇而成星，非散如云纤。后世之所见，漫天之银雨，盖有其魂也。故其轻悬琼海，静观后世。觉人间之所愿，予桃源之期冀。

乱曰：余闻万物之生也，盖天地之造化；万物复灭，又玄玄而归一。自混沌之始，此道莫能覆也。众人皆如此。老翁亦生于尘埃，然成其宏梦，又死归浩瀚，复成星辉，并献新生于尘世，其命不亦传奇乎？然此梦竟可成乎？不亦悲乎？

后悼花赋

2015-01-10

岁前暮春，见飞花凋零，不胜伤心，乃有悼花之赋。然繁琐难脱，未得续之，感慨遂减矣。而今冬气萧索之日，固无飞花之叹，何也？偶疾，复遇清冷之境也。念冬日无花，亦可以一叹矣，乃有斯赋。其辞曰：

悠渺渺之无尘兮，望千里之长天。余霞生而日暮兮，残枝疏而笼烟。听寒声而销魂兮，叹小疾而憔颜。忍车流之躁乱兮，伤愁情而黯然。何也？想寒花之不尽，妍草之无边；然冷起枝伤，风涌蝶残。寂寥而独归，黯淡而无言。

自春生而流香，经雨落而飘芳。醉暖风而嫣姹，期行人于茫茫。轻飞而入愁怀，拈取而引相思。念琼形而梦朱颜，见飘瓣而泣伊伊。又或叹漂泊而自怜，葬泥淖而恹恹，梦山篱下，醉色芍园。此皆其明丽也，又孰以代之！

然寒风愈紧，冷霭更盛。霎凋零于暮雨，一

夜而簌簌；渐摧残于逆风，半秋而瑟瑟。昨夕丁香，夜风憔悴；明日黄花，秋音迫迫。寻而无迹，惟惜而已。今则清冷难耐，秃枝如爪。花影无觅，芳神暗杳。虽行人之旧道，岂当春之新好？此极茫茫而凄也。

乱曰：呜呼！何以明妍一时，而不能久也？人生之多变，更甚寒风也。余每思前时而不知明日，往往慨叹于此。而所尝求浮槎江上，揽月而歌，固极闲而无为，惟自好而已，然又岂甘于此？于是仍不得沉溺悠闲，而不知所去，惟问同舟者孰矣。

难赋

2016-08-18

母尝言，余诞于张家界。值此季，余之此地，终得一观矣。忆子房功成而身退，后隐于此，何其邈邈！余乃不禁向往之。然骤雨满山，云集难散，遂身南思北，感慨无端。余所思之人，日夜随友，嬉游于京，溺于凡世，似无担虑；而余孑然于此，独有峰林相对，虽存携友之思，更兼救挽之望，然终于难语，又奈之何？遂作斯赋。其辞曰：

晓声惊梦，风啸催明。疑雨响之锤地，启窗牖而观情。忆佳境之千里，忧道路之难行。期山林之邈邈，忍云天之冥冥。遂登车一往，慕雨归晴。

而稍稍雨歇，虹霁未开；蒙蒙峦露，风烟欲白。隐黛峰于太宁，涌青潮于蓬莱。极眺目之难尽，欲拢日而能摘。至于途将去，山接来，固闻迩之易至，虽觉近而莫猜。初漫漫而安待，渐怅怅而忧怀。

且返逸兴，抛烦情。暂醉心于朝暮，得排忧于游行。然山枕流霞，载春秋之落雪；云江横天，通南北之飘风。自思古来之壮事，追历往之豪英。昔子房辅高皇，六合争，逆险宴而成事，独安归而得名，贯上下之悠悠，亘宇宙之无穷，何也？而雨势复急，窗染寒花。凡由穷境，向思浮槎。及入深谷，虽缘溪而行路，固无心以留暇。有垂石之突兀，莫闲情之悠佳。雨骤骤而桥颤，溪湍湍而石麻。道九曲而深深，谷多折而幽狭。应源近而山闭，渐雨弱而烟发。雾掩峰而蔽日，人杳迹而不跋。已而衣身浸冷，心体多乏。

遂寻地以休憩，更无聊以消忧。所思者，盖怀人之将别，又欲遇而难求。然骤雨之摧残，飘风之肆掠，又奈之何？溪鸣如旧，山立如旧。乃望山间之不变，叹人生之无由。及复行路，风复满楼。

所幸者，终至其峰，寻人家而宿夜，闻鸡鸣而待晨。想日衔山而云霓燃，霞流光而天地分，乃凌寒露而出户，披薄衣而离群。登高台以旷视，抒悠怀于天门。众峰集而暗俯，孤鸟游而低吟。然云遮九天，日隐无痕。独空蒙之渐明，未焰焰而流焚。于是长叹而林息，惟幽鸣之蝉语。

乱曰：湘水之滨，近多风雨，今又夜雨矣。忆此季艰难，南北漂泊，惟潸然难语。所怀之人别矣，所念之友别矣，得何时而再遇？惟气运是从乎？而再见之时，更不知何其慨慷矣。而前路多棘，风雨不定，固欲有成也，然果能得之乎？何时而得之？飘浮若此，岂非痛哉！曩登昭陵之时，群山缭绕，雾起幽深，盖指点江山之谓也，奈谁与同？惟弃纷杂之念，忍性寻幽矣。

图书在版编目(CIP)数据

一树桐花：张子霄诗文作品集 / 张子霄著.—北京：
世界知识出版社，2017.10
ISBN 978-7-5012-5548-1

Ⅰ.①一… Ⅱ.①张… Ⅲ.①诗集—中国—当代②散文集—中国—当代 Ⅳ.①I217.2

中国版本图书馆CIP数据核字（2017）第184196号

责任编辑	龚玲琳
文字编辑	蔡楚娇
责任出版	赵　玥
责任校对	马莉娜
书　　名	**一树桐花：张子霄诗文作品集** Yishu Tonghua: Zhangzixiao Shiwen Zuopinji
作　　者	张子霄
出版发行	世界知识出版社
地址邮编	北京市东城区干面胡同51号（100010）
网　　址	www.ishizhi.cn
电　　话	010-65265923（发行）　010-85119023（邮购）
经　　销	新华书店
印　　刷	北京九州迅驰传媒文化有限公司
开本印张	787×1092毫米　1/32　9印张　1插页
字　　数	140千字
版次印次	2017年11月第一版　2017年11月第一次印刷
标准书号	ISBN 978-7-5012-5548-1
定　　价	35.00元